男なのに聖母として
召喚されましたが、

この作品はフィクションです。
実在の人物・団体・事件などに
一切関係ありません。

男なのに聖母として召喚されましたが、王宮で料理人になりました。

contents

男なのに聖母として召喚されましたが、王宮で料理人になりました。

プロローグ

醤油《しょうゆ》アイスしか勝たん。

俺は醤油アイスを食べて飛んだ。

甘塩《あまじょ》っぱい醤油アイスはマジ飛ぶ。

さんが焼もつみれ汁もなめろうもおばこ焼も木《こ》の葉《は》パンもぬれ煎餅《せんべい》も今川焼《いまがわやき》も飛ぶけど、夏の推《お》しは醤油アイスだ。

バイトの帰り、俺は銚子《ちょうし》セレクト市場に寄って醤油アイスを食べて一息ついた……はずなのに、ぬれ煎餅入りのアイスや灯台《とうだい》キャベツのメンチカツまで食べたくなる。

食うか……や、今夜は伯父ちゃんがおばこ焼を奢《おご》ってくれるから腹を空かせておく……うん、伯父ちゃんのことだから銚子つりきんめも食わせてくれるかもしれない……あと少し待つ。

ジュル。

涎《よだれ》を垂らしている自分に気づいて慌てて拭いた。

銚子セレクト市場から銚子駅に向かって、停車中の銚子電鉄に乗る。

経営状況がまずい、の自虐《じぎやく》ギャグがうけた銚電では観光客がスマホやカメラで写真を撮っている。座席にちんまり座ったチーバくんも撮影の対象だ。

発車して車窓には見慣れた景色が広がった。

俺は広瀬《ひろせ》匠海《たくみ》、二十歳になったばかりの大学生。

銚子で生まれ育ったけど、大学進学で上京して東京ではワンルームの一人暮らしだ。

夏期休暇で銚子に戻り、祖父の水産工場や叔父の魚河岸《うおがし》料理店でバイトしている。

俺は母親の命と引き替えに産まれた。

父親は仕事で忙しくて構ってもらえなかったけど、祖父母や親戚に可愛がられたから寂しい思いはしていない。

お祖母《ばあ》ちゃんも伯母ちゃんも叔母ちゃんも近所のおばちゃんもお姉ちゃんもお祖父《じい》ちゃんの工場のおばちゃんやお姉ちゃんたちも俺の第二の母で、家族だ。

十日前、俺には本当の二人目の母親ができた。

『美波《みなみ》おばちゃん、俺の親父と結婚してください。俺の子供の頃からの夢を叶えてほしい。絶対に後悔させないから』

俺がバイト代で買った花束を差しだしたら、近所のおばちゃんは泣きながら受け取ってくれた。

ようやく、子供の頃から俺を猫可愛がりしてくれた近所のおばちゃんと親父が再婚したんだ。

俺に気兼《きが》ねしてふたりとも再婚しないつもりだった……って、そりゃないよな。

俺が再婚計画を練って親父の代理でプロポーズしたから、ふたりとも決心したらしい。

グッジョブ、俺。

大好きな人たちに囲まれて、美味いメシがあって、空気も景色もいいって最高だ。

……まぁ、潮でいろいろすぐにやられちゃうけどさ。風もきついけどさ。水産工場も魚河岸店も実家もあちこち古くなっているけどさ。年々、住人が減って寂しくなっているような気もするけどさ。

銚電の銚子駅のネーミングライツによる駅名、あれだよ。

『絶対にあきらめない銚子』

これからさ。

ぼんやりしているうちに犬吠埼《いぬぼうさき》駅に着いて、俺は慌てて飛び降りた。

一面の向日葵畑《ひまわりばたけ》に観光客は歓声を上げている。

それを見つつ実家に向かっていたらいきなり身体が浮いた。

「……え？」

声を上げる間もなく、青い海が遠くに見えた。

1　聖母を召喚《しょうかん》したかったそうです。

視界が真っ黒になったと思ったら真っ青に変わった。どこからともなく鐘の音が聞こえ、誰かに呼ばれているような気がした。

『聖母様、神聖なる青人草《あおひとぐさ》、青き魂、青き血、青き天都、青の双獅子を捧げる。九星の血潮と高空の泉が宿りし大地を救い給え』

朗々《ろうろう》と響く男の声の後、優しい女性の声。

『颪と泉に愛されし広瀬匠海、そなたに任せる』

ストン、と青い床に落ちた感じがした途端、視界が一気に開いた。

「……へ？」

青い髪の超絶イケメンと美女が俺を覗いている。真っ白な肌といい彫りの深い顔立ちといい東洋人じゃない。どちらもやたらと時代がかった衣装姿。

「……聖母様？」

青い髪と瞳の超絶イケメンに呼びかけられ、俺は必死になって答えた。

「………広瀬匠海、出身地は千葉県銚子市です。この夏、二十歳になりました。血液型はA型、健康だけが取り柄です。趣味は料理、得意料理は広瀬家に伝わる、さんが焼とつみれ汁です。東京のバイト先のカフェでスキルアップして、オムライスもローストビーフもフルーツタルトもチョコレートパイも得意です。彼女いない歴イコール年齢ですが、俺の料理を美味しく食べて、俺が編んだセーターを着てくれる人がいいです」

……あ、やべ、ここまで言ったらいつも女の子に引かれるんだった。

俺が後悔する間もなく、青い髪と瞳の超絶イケメンがこめかみを揉みながら言った。

「何を言っているのかわからぬが、聖母様ではないことは確か」

「わけがわからないのはこっちです」

俺が力《りき》みながら上体を起こすと、青い髪と青い瞳の美男美女はこの世の終わりみたいに頭を抱えた。慰めるように、青い髪の美女に抱きついた青い髪と瞳の幼い男児にはふさふさの獣耳と尻尾がある。

「私の目には極東の少年にしか見えません」

「まさか、聖母様の召喚に失敗したのですか」

「天は我らがロンベルクをお見捨てになられたのですか？」

青い髪と瞳の美形たちの後ろでは、緑色の髪と瞳のイケメンやピンク色の髪と瞳の美女が啜《すす》り泣いている。銀髪の凛々しいイケメンにはふさふさの耳と尻尾があった。男は西欧の王宮を舞台にした映画で観たような宮廷服姿で、女性はフリルやリボンがたくさんついたドレス姿だ。


……これ、これはなんだ？

青い髪や緑の髪やピンクの髪や瞳や……耳や尻尾や……俺の知る地球の人か？

ハリウッド映画の撮影現場に飛んだのかな？

ビジュよすぎ、ハリウッドスターだけあってみんな美男美女ばかりだし、耳や尻尾のテクもすごい……って、思いたいけど、なんか違うよな？

天井も壁も床も黄金でキラキラのゴテゴテ？

すぐそばの壁際にど～んとあるのは、黄金の大きな装飾品に見えるけど大きな十字架じゃね？

俺は青く光るキラキラのゴテゴテの台に……台っていうか、テーブルっていうか、ベッドではないけど、これ、祭壇《さいだん》じゃね？

いやな予感しかしない。

マジあれ……異世界か？

聖母様とか？

聖母様として異世界に召喚されたっぽい、って俺がぐるぐるしていたら、青い髪と瞳の超絶イケメンが悔しそうに言った。

「……我《われ》の不徳のいたすところ……失敗だ。聖母様を召喚したはずなのに年端《としは》もいかぬ子供を……」

その場にいた人の目がすべて俺に突き刺さる。

聖母様を召喚した？

マジ異世界なんだ？

ないわー、って……さっさと帰らないと、みんなが待っている。

「……あ、あの、俺、今夜は家族や親戚と一緒にほたてのおばこ焼を食べる予定なんです。帰してください」

俺が真剣な顔で頼むと、超絶イケメンが恭《うやうや》しく名乗った。

「我はロンベルクを統治する者、フリートヘルム・ジークハルト・フォン・デム・ロンベルク」

「名前が長すぎて覚えられません」

俺が正直に明かしてから祭壇から下りると、超絶イケメンは戸惑ったようだ。

「……簡略化して名乗ったが」

「なんでもいいから、帰してください」

「ここはロンベルク王国の王宮なり。我は天より統治権を授けられたフリートヘルム」

言い回しがくどいけど、統治権ってあれじゃね？

「……こ、国王様ですか？」

俺が瞬きを繰り返しながら尋ねると、イケメン国王は右手を優雅に一度高く掲げてから胸に添え、深々と頭を下げた。

「許せ」

君主の謝罪に周囲は派手に動揺している。

「国王様、謝らなくてもいいから帰してください」

失敗なんて誰でもする。大事なのは失敗した後どうするかだ。これ、お祖父ちゃんからしつこく叩きこまれた広瀬家の家訓《かくん》。

帰してくれたらいいよ。イケメン大渋滞しすぎも壮観《そうかん》だ。ケモ耳と尻尾がついた美少年もイケメンもいい。お継母《かあ》さんやお祖母ちゃんたちへのいい土産《みやげ》話になる。

「幼き身に辛い重苦を背負わせてすまない」

「俺、二十歳です。幼くありませんが帰してください」

「……二十歳？」

俺の年齢にイケメン国王はだいぶ驚いたらしい。周りのイケメンからも「嘘だろう」

「どこが、二十歳？」という声が聞こえてくる。

欧米人には日本人が若く見えるっていうヤツかな？

「二十歳です。きっちり成人していますが、責任をもって家に帰してください」

「責任を取り、我は退位する」

イケメン国王の退位宣言に俺は唖然《あぜん》としたが、周りの美男美女たちは今にも死にそうな顔で慌てふためいた。陛下ご乱心のようだ。

「陛下、戯《ざ》れ言はそれまでになさいませ」

「陛下あっての青き都でございます。あちらで葡萄酒でもお飲みください」

体育会系イケメン軍団が国王を取り囲み、なだめすかして獅子の彫刻が施された黄金の扉の向こう側に連れて行った。

一瞬、静まり返る。

「あれはないんじゃね。退位なんてされてもしょうがないじゃん」

俺が肩を落として言うと、青い髪と瞳の絶世の美女に声をかけられた。

「聖母様、私は大神殿長のバルドゥイーン・ディーデリヒ・フォン・デム・ロンベルクでございます。青天、我が頭上に落ちぬ限りお仕えいたします。どうかお怒りを紅き泉に沈めてください」

長い名前は聞き取れなかったけど、超絶やばい美女が大神殿長だってわかった。涙目で手を握られ、俺の怒りが消える。……のおおおぉぉ、こんな美女に手を握られたら半年ぐらい手を洗わない……って、違う。こんなすごい美人じゃないけど優しいお継母さんやお祖母ちゃんたちが俺を待っている。……けど、俺はこの綺麗すぎる大神殿長の手が払えなかった。美人スパイに籠絡《ろうらく》される男の気持ちがよくわかる。

……や、お継母さんやお祖母ちゃんたちの笑顔を想像して言い返した。

「お姉さん、あなたがいくら超絶ヤバい美女でも騙されない。ハニートラップなんてズルいんじゃね」

「私は男です」

大神殿長に悠然《ゆうぜん》と言われ、俺は自分の耳を疑った。

「……え？　どこが？」

確かに身長は高いけど、と俺はまじまじと見つめた。ほかのイケメンのように膝丈のスリムタイプのキュロットと白いタイツじゃなくて、ずるずるっと長い神官服姿だから身体のラインはわからないけど、肌は真っ白で顔は小さいし首は細いし、肩幅は華奢《きゃしゃ》だし、腰まで伸ばした青い髪はサラサラで艶があるし、手も繊細で俺の従姉妹《いとこ》となんら変わらない。

「前国王の第二王子としてこの世に生《せい》を受けました。先ほど、ご挨拶させていただいたフリートヘルム九世の同母弟《どうぼてい》にあたります」

大神殿長の言葉を証明するように、周りに残っていたイケメンたちがいっせいに相槌《あいづち》を打つ。どうも、ロンベルク王宮あるあるらしい。

注意深く見れば、確かに喉仏《のどぼとけ》らしきものがあった。

「……す、すみません」

俺があっさり手を離すと、大神殿長は慈愛に満ちた目でにっこり微笑んだ。なんか、俺の怒りもどこかに消える。

足元で獣耳と尻尾を持つ男児がじ～っと見つめてくるから、俺は思わず手招きした。

「可愛いな。名前は？」

俺に答えてくれたのは大神殿長だ。

「聖母様、末弟の第四王子を紹介させていただきます。母は違いますし、歳も離れていますが、大切な弟のレオンハルト・アロイジウス・フォン・デム・ロンベルクです」

第四王子のレオンハルトは恥ずかしそうに大神殿長の後ろに隠れたが、顔だけこちらを向けている。俺と目が合うと、耳がピンッ、と立った。

「いくつだ？」

俺が屈《かが》んで視線を合わせると、レオンハルトは大神殿長の後ろからひょっこり出てくる。

小さな指を三本、立てた。

「レオンハルト、三歳」

「レオンハルト君……様、三歳か。マジ可愛い」

おいで、と俺が両手を伸ばすと、レオンハルト王子は邪気のない笑顔を浮かべて近づいてきた。そのまま抱き上げる。

大神殿長や周囲の美男美女たちは驚いたように声を上げた。

「……あ、あの泣き虫王子が……亡き先代陛下でも兄上様でも顔を見ては泣いていたのに……」

「聖母様に見えませぬが、聖母様ではないですか？　あの内気な第四王子様を初対面で……」

「あのような第四王子様を見たのは初めてでございます」

俺の顔は腕の中で無邪気に笑うレオンハルト王子にくしゃくしゃになる。ふさふさのケモ耳も尻尾も楽しそうに揺れているから無性に可愛い。リボンとフリルのブラウスもゴージャスな刺繍《ししゅう》のベストも白いタイツもリボン付きのピカピカ靴も似合っている。

「聖母様？」

レオンハルト様に俺は頬を小さな指で撫でられる。

「聖母じゃない。匠海だ。匠海」

「ターミ？」

「うん、ターミでいい。嫌みなくらいイケメンの国王の弟とは思えないぐらい可愛い。マジ天使」

俺がポロリと内心を零すと、大神殿長が観音《かんのん》様みたいな表情で口を挟んだ。

「レオンハルトの御母堂様が獣人国の姫君でした」

「耳も尻尾も超可愛い……けど、軽すぎじゃね？」

「聖母様がご心配された通り、末弟は食が細く案じています」

大神殿長が悲痛な顔つきで言うと、レオンハルト様は頬をぷうっと膨らませた。

「バルドゥイーン兄上もモグモグちないのに」

第四王子に小食を指摘されたが、第二王子は優雅にスルーして、俺を獅子の彫刻が施《ほどこ》された黄金の扉へ促した。

「聖母様、お茶でも飲みましょう」

「お茶はいいから帰してほしい。この場で召喚したんだから、この場で反対の術を使ってくれ」

「聖母様、王宮でゆるりとされてください」

「強引な聖母様呼びで誤魔化すなんてどんな無理ゲー？」

俺は力んだのに、いきなり眠くなってしまう。盛大な生欠伸《なまあくび》をしていると、大神殿長に優しく微笑まれた。

「聖母様のお部屋が用意できたようです。ご案内させます」

「待て、話はこれから。おばこ焼は無理でも明日の伊達巻《だてまき》までには帰りたい」

……こんな時に眠りこけるな。こういう時こそ、倒産危機を何度も乗り越えた銚電を思いだせ。

何年、俺は銚電で学校に通った？

いでよ、俺の銚電魂。

うなれ、滅多に出ない俺の根性。

どんな手を使っても帰る。

なのに、滅多に出ない根性は出ず、俺はレオンハルト様を抱いたままズルズル座りこんで眠りこけた。

俺のよだれを愛くるしい第四王子がレース付きのハンカチで拭《ぬぐ》ってくれたと知ったのは後の話。

2　紅茶とコーヒーは絶品です。

翌朝、俺は目覚めて自分が天蓋《てんがい》付きの寝台で寝ていることに気づいた。おまけに膝まで丈のあるシャツに着替えている。今まで感じたことのない肌触りのよさにびっくりした。上等な絹のような気がする。

なんで、俺はこんな高級そうなものを着ている？　ズボンは穿いていないけど、パンツは穿いている……あ、俺の知らないパンツ……いったい誰が俺のパンツ……お祖母ちゃんか？

……や、聖母に間違えられて召喚されたんだ。

ここはロンベルク王国の王宮、と俺は自分の身に起こったサプライズを思いだした……サプライズなんてもんじゃないよな。

「……夢じゃなかったのか」

俺は天蓋付きの寝台で上体を起こし、周囲をぐるりと見回した。カーテンはぴっちり閉められ、うす暗いから何もわからない。寝台から下りようとしたけど、あると思わなかった踏み台を踏み外した。

　ドスン。

　俺は床に滑り落ちる。

「……いて」

　ギリセーフで頭は無事だったが尻が痛い。俺が固い床で唸っていると、ノックとともに扉が静かに開いた。

「聖母様、お目覚めでございますか？」

　銀髪で緑色の瞳のイケメンが心配そうに入ってきた。大きな耳がピンっと立ち、毛並みのいい尻尾が大きく揺れている。

「……あ、それな、聖母様はＮＧ」

「失礼しました。私は聖母様の侍従を務めさせていただくことになりました。イザーク・アーデルベルト・フォン・ノイエンドルフでございます。行き届かないこともあると思いますが、よろしくお願いいたします」

　昨日に引き続き、俺は長い名前が覚えられない。侍従という役職にびっくりして聞き返した。

「……お、俺の侍従？」

「聖母様の侍従に指名され、光栄です」

「イザークさん、とりあえず、聖母呼びは禁止だ」

「聖母様、イザークとお呼びください」

「もふもふイケメン、次に聖母様呼びしたら尻尾を引っ張るからな」

俺が顰《しか》めっ面で忠告しても、イザークの呼び方は変わらなかった。

「昨日、聖母様は第四王子を見たらご機嫌がよろしくなられました。私が聖母様の侍従に指名された理由です。身に余る栄誉」

グイッ、と俺は遠慮なくイザークのふさふさの尻尾を引っ張った。

「俺がもふもふ好きだと思われたのか」

「聖母様、獣人の血を引く者にとって尻尾は急所です」

「急所だと思ったから狙った。その呼び方をやめろ」

俺とイザークは暫くの間、真剣に言い合った。結果、俺は聖母呼びを禁止させることに成功した。イザークは母親が獣人で十七歳だという。一九〇センチくらいあるから、見上げるだけで首が痛い。

「イザークは十七歳で働いているのか。偉いな」

「成人は十五です」

イザークが明るく言ってカーテンを開けると、眩しい朝陽が寝室を照らした。大きな窓の向こう側には左右対称の優雅な庭園が広がっている。大きな噴水や東屋《あずまや》が見えるが、塀らしきものが見つけられない。

「十五で成人は早すぎるんじゃね？」

「十五で結婚するカップルが多いですから、早すぎるとは思いません」

地球の歴史を紐解けば、子供と言っても差し支えない年齢の少年や少女でも結婚していた。マリー・アントワネットの輿入《こしい》れは十四歳だ。

「なるほどな」

頭を掻きながら寝室を見渡すと、ドアが三つもあった。ひとつはイザークが入ってきたドアだが、広々とした部屋の中心には猫脚のテーブルや長椅子が置かれ、猫脚のキュリオケースがある。芸術品みたいな花台では真っ赤な薔薇と白い小花が飾られていた。俺的にはゴージャスな応接室だ。

「寝台で朝食を摂られますか？」

「……あ、そうか……西欧のお貴族様はベッドで朝食って聞いたことある……けど、起きたから」

「では、居間でお待ちください」

「居間？」

「こちらはターミ様の居間です」

俺が応接室だと思った部屋が自分用の居間だった。居間から書斎や来客用の応接室も続いている。

「……うわ」

俺専用の居住区っていったい何部屋あるんだ？　俺が圧倒されていると、イザークは銀のワゴンで朝食を運んできた。紅茶とパンのシンプルな朝食だけど、チーズやバターが添えられている。

ガッツリの英国式朝食じゃなくて、パンと飲み物だけの大陸式朝食みたいなもんか。

俺はぼんやり考えながら、花の香りがする紅茶をストレートで飲む。

マジ飛んだ。すんごく美味い。今までお祖母ちゃんや伯母ちゃんたちと一緒に飲んだ紅茶はなんだった？

過去に従姉妹やセレブ先輩からもらった英国王室御用達《ごようたし》紅茶の感動も消える。

「茶葉が美味しいのか？　水が美味しいのか？」

俺は紅茶に感心してから、丸いパンに手を伸ばした。

「ロールパン？」

俺はロールパンにバターを塗って一口食べ、自分の味覚を疑った。二口食べ、すべて食べ終えても自分の味覚を疑った。

「異世界に飛んで俺の味覚が変わったのか？　ロールパンがどうしてこんなに固い？　なのに、バターは超美味い」

俺は紅茶で口直ししてから、ベーグルを齧《かじ》った。

「……ん？　ベーグルだと思ったけど違う？　小麦粉の塊？　発酵《はっこう》していないパン？」

好き嫌いはなく、少々のメシまずでも平気だが、やたらとしょっぱい小麦粉の塊は無理だ。紅茶で喉を潤してから、次は黒いライ麦パンを選んだ。

「ライ麦パンは噛み応えがある。ライ麦全粒粉の黒パンのプッパニッケルも噛み応えがある。固くて当然……や、これはパンの固さじゃない。固すぎる。ライ麦の石？」

石は言い過ぎかも知れないが、歯が欠ける恐怖を覚えた固さだ。紅茶は絶品だし、バターとチーズが美味しいから余計にムカつく。

「ターミ様、お口にあいませんか？」

イザークに心配そうに聞かれ、俺は作り笑いを浮かべた。

「イザーク、今日のパンは十日前のパンか？」

「ターミ様のため、王宮のパン職人が朝に焼いたパンだと聞いています」

「……紅茶のおかわりをくれ」

俺は美味しい紅茶とチーズで自分の胃を誤魔化した。不味い、って言いたくないんだ。

俺も料理するからな。

けど、不味い。パンだけ不味いのか？

俺は腹に不満を押しこんで、イザークが用意した衣類に袖を通す。……のうぉぉぉ、ゴージャスな宮廷服に引いた。

「俺、シャツとズボンだけでいい」

「そういうわけにはいきません」

「パーティ用じゃね？」

「普段の宮廷服です。今の流行をご用意しました。ポケットに手を入れても、グラスを掲げる時も、楽器を演奏する時も、ダンスをする時も、女性をエスコートする時も、シルエットが崩れないようにベントという切れこみを入れた上着です」

イザークが尻尾を振りながら熱く語るが、俺は走って逃げたくなった。

「俺に似合わないと思う」

「絶対似合います。ターミ様用に仕立てられていませんから誤差はあるかもしれませんが、王宮御用達のデザイナーは太鼓判を押していました」

イザークの迫力に負け、俺はフリルがついたインナーに豪華な刺繍やビーズがつけられたベストと丈の長い上着を着る。袖からフリルを見せることが重要らしい。白いタイツを穿いてから膝までのスリムタイプのズボン。

リボンがついたピカピカの靴を履いた。さらにフリートヘルム九世から贈られたという黄金の腕輪、大神殿長から贈られたというブルーダイヤモンドの指輪も。

「うわ……仮装大会の残念な俺……」

俺は大きな姿見に映る自分から目を背《そむ》けたかった。丈の長い上着は裏側や背後にも繊細な刺繍があるし、スーツみたいに切りこみが入っているからかっこいい。……そう、かっこいいんだ。上着とズボンの丈がほぼ同じが王宮で流行っているファッションらしい。昨日見たイケメン国王や大神殿長、背の高いイケメン集団だったら映える。イザークも絶対に似合う。

「お似合いです」

「お世辞《せじ》はいい」

俺は自棄《やけ》気味に言ったけど、イザークは頬を真っ赤にしてケモ耳を立てた。

「お世辞じゃないです。髪と瞳が綺麗な黒だから煌《きら》びやかな刺繍の宮廷服が際立つ。黄金の腕輪もブルーダイヤも光り輝きます」

光沢のあるスカーフを巻かれ、髪の毛に軽く薔薇のオイルをつけられる。ボサボサ頭は落ち着いたが、仮装大会の残念男には変わりはない。

「ほら、ターミ様の黒い髪と瞳が最高に引き立ってます。黒い髪と瞳は神秘的です。ロンベルクでは黒い髪と黒い瞳は珍しいんですよ」

イザークの耳や尻尾の興奮具合がすごいから、お世辞ではないようだけど恥ずかしい。俺が残念な男なのは自分が一番よく知っている。

「もういいから」

俺は手を振りながら大きな姿見から離れたけど、イザークは感動したような表情を浮かべた。

「謙虚《けんきょ》なんですね」

「……もう、国王様じゃない俺の責任者に会いたい」

銚子に帰るには実務的なトップに会ったほうがいい。

「御用向きは？」

「俺が家族に会う件」

「かしこまりました」

イザークは下がったと思ったらすぐに戻ってきた。

「ターミ様、大神殿長がいらっしゃいます。応接室でお待ちください」

「美人過ぎる大神殿長が俺の責任者か」

天馬や妖精の彫刻が飾られた応接室で待っていると、現われたのは大神殿長じゃなくて愛らしい第四王子だった。

大神殿長、逃げたな、と俺はすぐ気づいた。

「ターミ、ご機嫌よう」

チュッ、とレオンハルト王子に頬にキスされたら怒っていられない。純真な王子を前にすれば、初孫を前にした祖父ちゃんの顔になる。

「レオンハルト様、おはよう」

チュッ、とキスを頬に返した。近所に外国人の家族が住んでいたし、仲のいい幼馴染みにも帰国子女がいたから、キスをされたら返すっていう習慣がついている。

「あのね」

レオンハルト王子がもじもじしながら手を伸ばしてきたから、俺は顔をくしゃくしゃにして抱き上げた。

「マジ天使、可愛すぎる」

つぶらな目をキラキラさせ、ケモ耳をピクピクさせ、尻尾を嬉しそうに振られたら勝てん。

「ターミ、いっぱいねんねちた？」

「うん、ぐっすり眠ったよ」

「あのね。ターミが来て嬉ちいの」

のぉぉ、大神殿長に言い含められたのか？　その無邪気な笑顔が辛い。

「……ありがとう」

俺は可愛い第四王子を抱いたまま、イザークに目で合図されて応接室から出た。すると、麗しすぎる大神殿長が待ち構えていた。背後ではイケメンすぎる侍従たちが控えている。

「聖母様、ご機嫌麗しゅう」

「大神殿長、聖母様はやめてください」

「まずはあちらへ」

大神殿長に上品に促され、玄関ホールみたいな場所を通り抜け、天井が高い廊下を進む。

天然大理石の廊下はピカピカに磨かれていて、うっかり滑りそうで怖いけど、イザークや侍従たちは平然と歩いている。

黄金と赤水晶の回廊を過ぎると、天井から豪華な水晶のシャンデリアが吊された大広間があった。壁には鏡と彫刻、絵画が優雅にはめこまれて……はめこまれているっていうのかな？　マジに天井も壁もゴージャス。あれだ、ウィーンのヴェルサイユ宮殿じゃね？……や、ヴェルサイユのシェーンブルン宮殿？　学校できっちり覚えたはずなのに忘れたけど、あっちの豪華な宮殿みたいだ。

帯剣した兵士が何人も並んでいるけど、制服も西欧とよく似ていた。みんな、背が高くて腰の位置が高いから長いブーツが映える。俺に向かっていっせいに敬礼した。……いや、第二王子にあたる大神殿長や俺が抱いている第四王子に敬礼したんだろう。

彼らは王宮を警護している王立騎士団員たちだと大神殿長は説明してくれた。第三王子が王立騎士団長だとも。

大広間の中心に進むと、大神殿長が聞き取れない声で床に向かって何か言った。

その途端、床が青紫色の水晶になる。キラキラキラ、と魔方陣も浮び上がった。周りの空気も変わった。

「……え？」

俺はびっくりしてレオンハルト様を落としそうになった。

けど、レオンハルト様がぎゅっ、と俺にしがみつく。

ギリセーフ。華奢な第四王子を落とさずにすんだ。

「聖母様、ここが転移の間です」

大神殿長に心配そうに言われ、俺は息を呑んだ。

「……転移の間？」

「私は転移術を使えますので」

俺は聞き慣れない言葉に口をポカンと開けた。

「聖母様？」

レオンハルト様の小さな手にペチペチされ、俺は正気に戻る。周囲にいるイケメンたちの顔を見る限り、大神殿長の嘘じゃないようだ。

三十歳まで童貞だったら魔法使いになれる、っていうあれのこと？

「……魔法？　魔法使い？」

俺が掠れた声で聞くと、大神殿長はなんでもないことのように答えた。

「フリートヘルム九世陛下を筆頭に王族、貴族も魔力を有しています。学び、鍛錬し、魔術として使うことが可能になりました。後で魔術省長官がご挨拶に参上します」

魔術省って魔術関係の組織か。魔力と魔術は違うらしいが、そんなことはどうでもいい。

「転移術が使えるなら、俺を銚子に戻せるんじゃね？」

ああ、そうか、転移術が使えるから俺を召喚できたんだ。

俺は期待を膨らませたけど、大神殿長には優雅にスルーされた。

「聖母様、説明するより御身で知っていただいたほうがよろしいと思います。転移します」

大神殿長は艶然《えんぜん》と微笑むと、左手首の黄金の腕輪を右手で擦《こす》った。耳を澄ませても聞き取れない小声で何か唱えている。

シュッ。シュッ。シュッ。シュッ。そんな音とともに俺や大神殿長、イケメンたちの周りに魔方陣が刻まれた青紫色の扉が現われた。

「転移します」

大神殿長の艶のある声が聞こえた瞬間、青紫色の扉が消えた。

「転移しました」

大神殿長がにっこり微笑むと、目の前は三ツ目の天馬や三ツ目の女神の彫刻が飾られた広間だった。壁には角《つの》が生えた美女のドレス姿の肖像画や三ツ目の大きな鳥に乗った甲冑《かっちゅう》の騎士の絵画が飾られている。

「……わ、マジ魔法……一瞬……」

俺は転移術を体験し、ただただ圧倒された。抱いている第四王子は慣れているらしく、俺を見てきょとんとしている。

チュッ、と第四王子にキスされて俺は自分を取り戻した。

「レオンハルト様、ありがとう。大丈夫だ」

大神殿長に促されるがまま、黄金の不死鳥の物語が刻まれた天井の廊下を進み、青を基調にした『国王の間』に通された。歴代の国王の肖像画が飾られた間だという。一見したところ、三ツ目はひとりもいない。

女官たちが猫脚のテーブルに紅茶と人数分のティーカップを用意する。銀のプレートにはアーモンドやヘーゼルナッツ、ピスタチオが盛られていた。俺は自分が知っているナッツや絶品の紅茶の味を確認して少し安心する。朝のパンの不味さはちょっとしたミスだったのかもしれない。

レオンハルト様は俺の膝の上に乗せる。

頭を優しく撫でると、レオンハルト様は楽しそうに笑った。

「聖母様、改めてご挨拶させていただきます。私は大神殿長を務めています。フリートヘルム九世の弟でございます」

大神殿長に改まって名乗られ、俺も真面目な顔で答えた。

「俺は広瀬匠海、平民です。国王様やお貴族様とは無縁の世界で生まれ育ちました。礼儀とかまったくわかりませんから大目にみてください。……で、国王様の引退とか……えっと、退位はやめてください」

「昨日は驚かせて申し訳ございません。フリートヘルム九世は我が一族の誇り、我が国の誉《ほま》れです」

大神殿長は泰然と微笑んで、壁の端に飾られている兄の肖像画を差した。即位した時の姿らしく、昨日見たフリートヘルム九世よりだいぶ若い。今でも二十歳半ばに見えたけど。背の高い超イケメンに国王なんてハイスペックに、俺が女子なら大騒ぎするだろう。

「フリートヘルム兄上」

幼い第四王子にとっても自慢の兄らしく、俺の膝のうえで小さな手をパチパチ叩いた。舌足らずの声でちゃんと発音する。

「俺、名前が長くて覚えられません」

「フリートヘルム九世、とご記憶していただければよいと存じます。聖母様には兄も誠心誠意お仕えします」

俺はナチュラルな聖母呼びに引っかかる。

「無理やり、聖母様って俺を呼んでいるだろう。聖母じゃないってわかっているよな。匠海って呼んでくれ」

可愛い王子を抱っこしていなかったら、俺の表情は阿修羅《あしゅら》になっていた自信がある。大神殿長が末弟を真っ先に俺に挨拶させたわけがわかるよ。

「ターミ様？」

「ターミでいい」

「それでは、私のこともバルドゥイーンとお呼びください」

「舌を噛みそうで呼べない……あ、どうしてこの国の言葉がわかるんだろう？」

俺は今さらながらに自分が日本人であることを思いだした。フリートヘルム九世にフリートヘルム八世にラインハルト三世にコンラート二世とか、肖像画の下の黄金のプレートに刻まれている国王名がすべて読める。平仮名でも漢字でもカタカナでもアルファベットでもないのに。ドイツ語にどこか似た知らない横文字なのに。

俺は英語も第二外国語のドイツ語も苦手で、いつも追試と友人のサポートでクリアしていた。

「この言葉は理解できますか？」

大神殿長が差しだした羊皮紙には横文字で何か綴《つづ》られている。スペイン語に似ているような気もするが違う。

「わからない」

「レオンハルトの御母堂様の母国語です」

もふもふの国の言葉か、と俺は膝の可愛い王子の頭を撫でながら、先代国王の肖像画を探した。フリートヘルム八世が大神殿長やレオンハルト様の父親だ。ぱっと見、第一王子のフリートヘルム九世そっくり。

俺は肖像画に描かれた歴代の国王の髪や瞳がみんな青いことに気づいた。

「……青い髪と瞳の人が多い……てゆーか、全員？」

「青は王族の証です」

大神殿長はロンベルク王国の王族について柔和な声音で語りだした。

始祖《しそ》の国王より代々、直系の王子や王女たちが青い髪と青い瞳を受け継いだという。王族以外、青い髪と青い瞳はいないそうだ。どうも、美男美女の血とともに青い髪と瞳も受け継いでいるらしい。大神殿長の背後に控えている金髪に青い目のイケメンや銀髪に青い目のイケメンは、王族の血を引いているという。

青い髪と青い目は江戸時代の水戸黄門と一緒、と俺は祖父母が好きな時代劇のお約束シーンを思いだした。『この紋所《もんどころ》が目に入らぬか』ってね。この国では『この髪と瞳の色が目に入らぬか』だってよ。とりま、青い髪と青い目には注意だ。

今の国王には三人の弟がいること。第二王子が目の前の大神殿長で第三王子が騎士団長で第四王子が俺の膝上の可愛いケモ耳ちゃん。先代国王の異母弟の叔父が宰相。

懇切《こんせつ》丁寧に説明され、そこまでは頭に叩きこんだ。たぶん、それが今のロンベルク王国の主要メンバーだ。

大神殿長の侍従長がさりげなく無言でロンベルク王国の地図と家系図を差しだすと、大神殿長は猫脚のテーブルに置かれていた水晶の薔薇の装飾品にそっと手を添えた。ぱっ、と明るくなる。猫脚の長椅子の傍らに飾られていた水晶の大きな飾り花瓶も明るくなった。明るい光で地図と家系図が明確に見えるようになる。

「あれ？　飾り物だと思っていたけどライト？」

スイッチがどこにあるんだ？　俺はテーブルの水晶の薔薇を眺めたが、それらしいものは見当たらない。けど、俺が知るライトのように辺りを明るくしている。

「ライトでございます」

「電気が通っているんですか？」

立派な暖炉があるから、俺はびっくりした。電気があるなら暖炉ではなくヒーターみたいな暖房設備があるはずだ。

「魔力を通しています」

大神殿長の答えに、俺は身を乗りだした。

「魔力？」

「魔力を通した魔導具です。触れてください」

大神殿長の白い指は水晶の薔薇を指す。俺が恐る恐る触れると、ぱっ、と水晶の薔薇の明りが消えた。再度、触れると明りが点いた。

「電気の代わりに魔力か……魔力のない俺でも使えるんだ」

「魔導具を生みだすのは魔力を待つ魔術師ですが、魔力を持たない平民も使用しています。王都や主要都市では街中にも設置しています」

科学が発展していないと思ったが、パソコンやスマートフォンの代わりに魔導具がある。電気の代わりに魔力があるんだ。

「それなら、マジ俺を銚子に戻せるんじゃね？　無理なんて言わずにやってみてくれ」

俺は期待に胸を弾ませたが、大神殿長は綺麗な笑顔で話題を変えた。

「昼食の準備が整ったようです。陛下と一緒にお召し上がりください」

「……昼飯？」

俺の実質的な責任者、逃げるのか？　文句を言う間もなかった。

大神殿長はいつも昼食を摂らずに紅茶だけですませるというので、イザークや侍従長たちは心配していた。

王家の家族用と聞いたけど、やたら豪華な大食堂のテーブルには俺と一緒にレオンハルト様、フリートヘルム九世もついたからびっくりした。

国王陛下と一緒にランチ？　ヤバいんじゃね？　けど、頼み込むチャンス？　マナーがわからない、箸をくれ、と俺は焦《あせ》りながらテーブルに並べられたナイフとフォークを手に取った。

まず、可憐な花柄の皿に盛られた前菜だ。……前菜らしき料理か？　青菜とマッシュルームとキドニービーンズをくたくたになるまで大量の塩で煮たんじゃね？　不味い、と俺は心の中で吐き捨てた。

チラリとレオンハルト様を横目で見れば、一口も食べずに首を振っている。側近も給仕も慣れているらしく咎《とが》めない。

イケメン国王は仏頂面《ぶっちょうづら》で黙々と平らげた。

あれが食えるのか？　ルックスだけに能力が集まって、味覚が残念なキングか？

次、紅薔薇が描かれた楕円形の器《うつわ》にスープ……ごろごろ野菜とひよこ豆のスープ？　ニンジンやタマネギは茹ですぎ、ひよこ豆は固すぎ、塩が利きすぎの激塩スープ？　出汁《だし》っていうか、フォンを使っていない？

第四王子は一口も食べずに首を振り、イケメン国王は無言で食べる。

次、芸術品みたいな皿に真っ黒に焼かれた魚があった。ナイフとフォークでつつき、中身を確かめる。魚の身は黒くない。

食べる気がしないけど、口に放りこんだ。俺が知っている魚の味がしない。

魚料理も第四王子は口を小さな手で塞いで首を振り、イケメン国王は静かに咀嚼《そしゃく》する。

繊細なガラスの器に盛られた生野菜は新鮮で味が濃いから美味しい。塩がきついけど、ヴィネガーも効いているからマシ。

凝った皿に盛られた牛肉の塊《かたまり》は固かった。味付けは大量の塩のみ。俺は一口でナイフとフォークを置いた。

カイザーゼンメルやヌスブロートなど、パン籠に盛られているパンは朝食と種類が違う。けれど、朝食と同じように小麦の塊とライ麦の塊だった。

デザートは花型の皿に盛られた焼き林檎《りんご》だ。カットした林檎をきっちり焼き、蜂蜜《はちみつ》をかけている。まずくはないけど。……けどさ、焼き林檎ならシナモン、焼き林檎にバニラアイス、焼き林檎と焼きマシュマロ、と俺は脳内で焼き林檎メニューを考えた。

イケメン国王は甘い物が苦手らしく、デザートは運ばれてこない。

レオンハルト様が唯一、食べたのはデザートの焼き林檎だけ。なのに、侍従長は嬉しそうに褒めた。

「レオンハルト様、聖母様がご一緒だから、いつもよりたくさん食べられましたね。ご立派です。豊穣《ほうじょう》の女神もお喜びになるでしょう」

これでいつもより食べたってマジかよ。俺はびっくりしたけど、あえて口には出さない。

葡萄の香りがする紅茶は美味しかった。テーブルセッティングは華やかだし、器もカトラリーも優雅だけど、肝心の料理が不味い。なのに、イケメン国王は文句一つ言わずに平らげた。異世界ではこれが美味いのか？　味覚が違うのか、と俺が紅茶を飲んでいると、いつしか、第四王子は椅子で寝息を立てていた。侍従長たちが優しい顔で抱き上げ、大食堂から出て行く。

一瞬の沈黙の後、フリートヘルム九世に声をかけられた。

「聖母様、昨夜はよく眠れましたか？」

「聖母様呼びはやめてください。お願いします」

俺が顔の前で両手を合わせると、イケメン国王は淡々と言った。

「我の弟としての身分、大公の位、アルテンブルクの領地を進呈する」

大公とか領地とか、スケールが大きすぎて想像できない。くれるなら、お祖父ちゃんの水産工場がほしい。銚子のいわし煮やさんま煮、さんが焼、それらを世界に広める。

「……そ、そんなことは望んでいません。わかっているでしょう」

俺が首を振った時、イケメン国王の左手の中指の指輪が光った。ピカーッ、ピカピカピカーッ、と。

あまりの眩しさに、俺は手をかざして目を閉じるが、控えている側近や給仕たちはいっさい動じない。

イケメン国王は光る指輪に軽く触れながら話した。

「何事か？」

『陛下、至急、ロンベルク王国の泉魂《せんこん》においでください。我らの魔力では対処できないと判断しました』

指輪から男の切羽詰まった報告が聞こえた後、放たれていた光は収まった。イケメン国王はスマートな動作で椅子から立ち上がる。

「失礼する」

俺が声を出す間もなく、広い背中が大食堂から消えた。

テーブルにポツンと残されたのは俺ひとり。イケメン国王の指輪はスマートフォンみたいな魔導具じゃね？　そんなヤバいのもあるのにメシまずなのか？

紅茶のおかわりをする気もなく、俺はイザークと一緒に自分用の居住区に戻った。そうして、数え切れないほどの書籍が収められている書斎に籠もった。魔力がこれだけ発展しているんだから、何か手があるはずだ。どっしりとした机には羽根ペンとインク壺、カンテラが載せられている。壁には古いロンベルク王国の地図が貼られていた。

「……あれ？　どこかで見たような形じゃね？　島国じゃなくて隣の国と続いているけど海に突きだすような地形？　……これは川か？」

銚子の地形に似てるんじゃね？　ロンベルク王国が銚子を大きくしたような地形なのか？　王宮がある王都は意外にも海に近い。

「イザーク、ロンベルク王国は水揚げ量が日本一……じゃなくて世界一か？」

銚子漁港は水揚げ量日本一だ。

「ターミ様、申し訳ございません。わかりません」

「イワシとかサンマとかサバとか、魚はよく獲れるのか？　魚をよく食べるのか？」

「先代国王陛下もフリートヘルム九世陛下も第三王子も獣肉を希望されましたから、王宮では肉料理が多いです。ターミ様も陛下と同じメニューですが、ご希望があれば厨房に連絡します」

「俺のメシは毎食、陛下と一緒のメニューなんだよな？」

ついつい、俺は確かめずにいられなかった。

「はい、それと陛下はレオンハルト殿下とご一緒の時以外、コーヒーをお飲みになられます」

「コーヒーがあるのか？」

俺がびっくりすると、イザークがコーヒーとスイーツを用意してきてくれた。銀のクリーム入れにはクリームが入っているし、銀の砂糖壺には砂糖が入っていた。

「クリームも砂糖もあるんだな」

「クリームも砂糖も高くて、平民には手が出ません。王侯貴族の嗜好品《しこう》です」

俺は砂糖もミルクも入れないブラック派だ。コーヒーの香りはいい。ゴクリ、と俺は確かめるように飲んだ。

「美味い。酸味が強くて、コクがある。苦味は少ない……うん、キリマンジャロみたいな？」

俺はコーヒーに満足したが、焼いた葡萄に蜂蜜をかけたスイーツは一口で終わった。生で食べてもマジ美味いと思う。けど、どうして、葡萄を焼いて蜂蜜をかける？

「イザーク、今の流行は果物を焼いて蜂蜜をかけるスイーツか？」

俺が内心の嵐を隠して聞くと、イザークは怪訝そうな顔で答えた。

「スイーツに流行はありません。昔から果物を生で食べるか、焼いて蜂蜜をかけて食べます」

「スイーツが嫌いなのか？」

「意味がよくわかりません」

「クリームや砂糖があるのにスイーツに使わないのか？」

「クリームも砂糖も紅茶やコーヒーに使用されます」

俺は銀のスプーンを手にして、クリームと砂糖の味を確かめる。砂糖は俺が知る砂糖の味だ。クリームもコーヒー用じゃなくてホイップしていない生クリームだけど、俺が知るどんな生クリームより美味い。

二杯目のコーヒーにはクリームと砂糖を入れて飲んだ。

マジ美味い。バターもチーズも美味かったし、ロンベルク王国は酪農《らくのう》王国じゃね？

「イザーク、紅茶とコーヒー以外でクリームや砂糖を使わないのか？」

「クリームも砂糖も紅茶とコーヒーのために王宮は仕入れています。貴族も富裕層もそうですよ」

イザークはびっくりしたような顔で答えたが、俺の脳内はますます混乱した。

「前菜もスープも魚料理も肉料理もパンも塩味ばかりだけど、クリームソースとかクリームスープとかクリームシチューとか、クリームっていうかミルク料理もないのか？」

「ターミ様、意味がまったくわかりません」

「ロンベルク王国はメシまず……大味《おおあじ》じゃね？」

俺は料理人のメンツを考えて言い方を変えたが、イザークは驚いたように首を振った。

「ロンベルク王国の食事は美味しいと各国の間でも評判です。美食の国ですよ」

一瞬、冗談かと思ったが違う。イザークは真剣に自国が美食の国だと信じているみたいだ。芸術性の高いテーブルセッティングや陶器は美食の国と称《たた》えられてもいいかもしれないけれど。

「美男美女の国ならわかる……マジ美食の国？」

「はい。食事も酒も美味しいからセルキーもいます」

「セルキーってなんだ？」

俺が身を乗りだして聞くと、イザークは地図のロンベルク海や北海を指しながら答えた。

「アザラシの妖精です。海の王国で暮らしていますが、ロンベルクにはよく遊びにきています」

「アザラシの妖精までいるのか」

「アザラシの毛皮を脱いだセルキーは男女問わず美しい。一目でも見たら夢中になってしまいます。私の初恋はセルキーの美女でしたが、一目惚れした途端、失恋しました」

イザークは遠い目で散った初恋を語ったが、俺の脳内は華麗なテーブルセッティングに並べられる塩味尽くしの固いフルコースだ。

「そっちの心配より、俺の歯と顎の心配をしてくれ……」

とはいえ、根本的に食に関する何かが違うイザークと話し合っても時間の無駄だった。

夕食は自分用の居間で食べたが、昼食と同じように美味しいのは紅茶とバターだけだった。くたくたに似た野菜もグリンピースのスープも焼きすぎの魚も超ウエルダンの肉も塩辛いし、固い。カンパーニュに見えるパンは小麦粉の怪物だ。魔力によって、現代日本と比べてそんなに不便じゃない世界なのにメシまず。

どういうこと？

お祖母ちゃんが作るさんが焼やお継母さんが作る魚介類のカレーを思いだし、俺はよだれを垂らしながら薔薇の香りがする紅茶とクリーム入りコーヒーをガブ飲みした。

3　フリートヘルム九世より聖母様へ

黒い髪と瞳を持つ少年を見た瞬間、我は驚愕《きょうがく》した。

あの瞬間、確かに聖母様の存在を感じたからだ。

どういうことだ？

ターミと名乗る少年が聖母様でないことは明白だ。礼儀作法も身につけておらず、本人が言うようにすべてにおいて平民のようだが、いやな気はいっさいしない。それどころか好感を抱く。ロンベルクの平民であったなら側近に取り立てていた。宰相や王宮省長官、魔術省長官たちも同じ意見だ。

悪しき魔獣が増え続ける今、私用の居間で飲む酒の苦味も増している。今夜は一段と苦い。銀の皿に盛られたナッツを摘まむ気にもならず、ウイスキーを飲み続けた。侍従長の非難混じりの視線は無視するに限る。バルドゥイーンの侍従長の縋るような目も無視。

我ら兄弟、同じ問題に苦しんでいるが、酒に逃げているわけではない。

「バルドゥイーン、ターミは聖母様ではない」

我が杯を手に溜め息混じりに言うと、次弟の大神殿長はいつものように赤葡萄酒のボトルの前で微笑んだ。

「陛下、あれは失敗ではなかったと思います」

本心をお言いなさい、と一筋縄ではいかないバルドゥイーンは言外で匂わせている。亡き母上によく似た面差しの裏に秘めている剣は鋭い。

「そなたもそう思うか？」

始祖は聖母様の助力を得て、群雄割拠《ぐんゆうかっきょ》の乱世を勝ち抜き、悪しき魔獣も駆逐し、ロンベルク王国を建国した。聖母様あってのロンベルク。

なれど、聖母召喚は国家存亡の危機であっても手を出すことは憚《はばか》られる。裏の王家史に綴られている極秘の聖母召喚は四回。三回失敗し、一度だけ成功している。その一度でロンベルクは滅亡《めつぼう》を免れ、破竹《はちく》の勢いで栄華を極めた。

「私には陛下のような力はありませんが、これでも神に仕える身です。ターミ様は聖母様の意志ではございませせぬか？」

「聖母様が代理としてターミをつかわしたのか？」

「わかりません。ただ、ターミ様は国家存亡の危機を救ってくださるような気がしてなりません。……レオンハルトが一目であんなに懐くとは夢にも思いませんでした」

バルドゥイーンは神経の細い末弟のターミに対する態度に驚嘆している。我も末弟の性格を知っているだけに驚いた。

「……我もだ」

「陛下も父上もレオンハルトにはよく泣かれていましたからね。ようやく、顔を見ても泣かれなくなりました。幸いです」

過ぎ去りし日、乳母に抱かれている末弟は我の顔を見た途端、泣きだした。実父である先代国王の顔を見ても火がついたように泣きじゃくった。実母の結婚に付き従ってきた側近たちの顔を見ても、薬師の顔を見ても、乳母の家族を見ても泣いたという。繊細な赤ん坊はそのまま繊細な幼児に成長した。

「獣人の血が流れているとは思えぬ」

一概《いちがい》には言えないが、獣人は陽気で活発で体格がいい。獣人国の王女であった先代王妃も朗《ほが》らかで大柄な女性だった。ロンベルク王宮のしきたりに苦労していたようだが、明るく乗り越えようとしていた。あんなに早く白き泉に向かわれたことが残念でならない。

「幸い、ターミ様はレオンハルトをお気に召したご様子」

ターミが末弟を一目で気に入ったのは一目瞭然。

ターミの侍従長以下侍従たち、護衛はみんな獣人の血を引く者で揃えた。王宮省長官や外交官長官は難色を示したが抑えた。判断は間違っていないはずだ。もっとも、最大の懸念はターミの逃亡だ。拉致《らち》される可能性も否定できない。

「逃亡しないように金鎖の……」

我の言葉を遮るように、バルドゥイーンは手にしていた杯をテーブル置いた。

「陛下……兄上、弟としても反対します。エレーナ様をお忘れですか？」

「それとこれとは話が違う」

「ターミ様はレオンハルトに任せましょう」

「レオンハルトには無理だ。薬師や魔術省長官、王宮省長官たちも心配している」

獣人の血が流れていれば本来は大食漢なのに、末弟は小食で栄養失調と診断された。侍従長や料理長たちが話し合い、手を尽くしているがほとんど食べない。薬師や魔術省長官が協力して発明した特製の薬に加え、我が極秘に魔力を注いでいるから生きているようなものだ。薬だけならば、寝台で生死の境を彷徨《さまよ》っていた。

「レオンハルトは食が細すぎます。ただそれだけです」

「皆そなたのことも案じていた」

末弟同様第二王子の小食も大きな問題になっている。我が知る限り、バルドゥイーンは飲み物しか口にしない。

いつの間にか、ふたりで飲み干した酒瓶が並んでいた。辛口の赤葡萄酒が二本、ブランデーが一本、ウイスキーが一本、今夜は控えめだ。我はナッツを口にするが、バルドゥイーンは手を伸ばさない。たとえ、給仕が目の前に差しだしても。

「私は成人までは食べさせられました」

心外だとばかり、バルドゥイーンは長い睫毛《まつげ》に縁取られた瞳を揺らした。周りの空気も一変するが、記憶には第二王子が食事をした姿がない。ナイフとフォークを持つだけだ。スプーンも手にするのみ。

「食べさせられた？」

「食べました」

「毎食、飲み物とデザートだけ。レオンハルトと同じではないか」

亡き父上や母上の魔力に圧迫され、それでもバルドゥイーンが渋々と口にしたのはデザートぐらい。飲み物は果汁やミルク、紅茶やコーヒーから果実酒までなんでも飲んだけれども。

「私のことはよろしい。レオンハルトのことです。私も兄上も亡き父上のように魔力で強引に食事をさせることができない」

バルドゥイーンは顔とは裏腹の性格だったから、亡き父や母、薬師たちも強行手段に出た。風が吹き、花が散る様を見て泣きじゃくる末弟には手が出せない。

何故、花が散ったぐらいで泣く？

何故、側近が雨に濡れたぐらいで泣く？

何故、女官が咳き込んだだけで泣く？

何故、庭の鳥が鳴いたら泣く？

同じ父の血を引いた身なれど解《げ》せぬ。

「早急になんとかせねばならぬ」

このままならば末弟は遠からず白き泉に向かってしまうだろう。それだけは避けたい。

「兄上、これまで以上にレオンハルトに魔力を注いでください。魔術省長官や侍従長は副作用を懸念して躊躇《ちゅうちょ》していましたが、衰弱死させるよりは……兄上の第三の力にかけましょう」

我の第三の目はいったいなんのためにある？

第三の目で幼き末弟を救えるのか？

徒《いたずら》に時を費《つい》やしているだけではないのか？

悪しき魔獣の増殖により、各領主一族の魂泉は疲弊《ひへい》しています。いずれ、領地が闇色に染まるでしょう。

聖母様、我の命を捧げる。

ロンベルクに聖なるご加護を賜らん。

4　メシまずにブチ切れました。

翌朝も俺は天蓋付きの寝台で目覚めた。

呼び鈴を鳴らさずに天蓋付きの寝台から下りて、目の前の頑丈そうなドアを開けた。大きな鏡に衣裳箱、洗面器のような陶器がチェストには置かれている。陶器の上にある金の取手を押せば、勢いよく水が流れ、瞬く間に陶器の椀に水が溜まる。

「水も通っているから便利だよな」

銀の器でうがいをしてから顔を洗った。

いつの間にいたのか、スッ、とイザークが白い布を差しだしてくれる。タオル代わりの清潔な布だ。顔を拭くとイザークが説明してくれた。

「王宮や隣接する大神殿、貴族街や城は魔力で通っています。平民が暮らす下町では井戸ですよ。英邁《えいまい》なるフリートヘルム九世陛下は下町にも魔力を通そうと計画しています」

「魔力ってすごくね」

洗面所だけでも東京で暮らしていたワンルームより広い。ガラスの扉の向こう側には猫脚のバスタブが置かれている。壁も床も天然大理石で、人魚が持つ壺の彫刻から湯がバスタブに流れたから昨夜は驚いた。

朝食が用意された居間に進めば、改めて自分がいる場所が王宮だと実感。

俺の侍従はイザークをトップに三人もつけられて参ったけど拒《こば》めない。全員、獣人の血を引いているから獣耳と尻尾を持つイケメンだ。

確かに、ケモ耳や尻尾を見ると和《なご》む。もふもふ尻尾大渋滞で侍従たちのわちゃわちゃは眼福《がんぷく》だ。

けれど、パン籠に美味しそうに盛られているパンは一口で泣いた。どんなにチーズやバターで自分を騙そうとしても小麦の化石で終わり。

「イザーク、王宮のパンはロンベルク王国のスタンダードか？」

俺が直接話法を回避して尋ねると、イザークは爽やかな笑顔で答えた。

「下町で評判だったパン職人が料理長に推薦されて王宮専属のパン職人になりました。第三王子が生誕された年のことです」

「このパンで評判になるのか？」

「以前のパンはもっと固かったんですよ」

俺がびっくりして喉を鳴らすと、金茶色の髪の侍従が生花を抱えて入ってきた。

「ターミ様、大神殿長から届けられた本日の花でございます」

今の俺は綺麗な花を見ても癒されない。花より団子の意味がよくわかるぜ。

俺が『本日のお召し物』とやらの水色の宮廷服に着替えた後、イケメン国王からイエローダイヤモンドのブローチが届けられ、大神殿長から黄金の宝石箱を届けられ、まだ会っていない宰相から青紫色の水晶の妖精像を届けられ、面識のない魔術省長官からタンザナイトの百合《ゆり》を届けられ、王宮省長官から山のような大金貨を届けられ、王室御用達のデザイナーから新しい宮廷服や靴を馬車三台分届けられ、イザークや侍従たちは感激しているが、ブチッ、と何かが切れた。

「華麗なる王宮に金銀財宝の山にメシまず……ゲームオーバー」

俺がキンキラ光る贈り物の前で凄むと、イザークは怪訝な顔で聞き返してきた。

「ターミ様、どうしました？」

本来なら、朝はお継母さんの美味い味噌汁と納豆ご飯に焼き魚を食べていたはずだ。二杯目のおかわりは卵かけご飯に焼き海苔。銚子産の卵かけご飯用の醤油が超ヤバい。

「メシがまずいから実家に帰らせてもらいます」

俺の前に銚子の海が広がる。自分の居住区域から勢いよく飛びだすと、イザークは慌てて追いかけてきた。

「ターミ様、お待ちください」

イザークの背後から俺付きの侍従や護衛兵たちも団体で追ってくる。金髪碧眼《へきがん》の護衛は指輪でどこかに救いを求めているようだ。

「俺を帰せないならメシの改善を求める」

「希望メニューを厨房に伝えます」

イザークに追いつかれ、進行方向に立たれてしまった。背後には亜麻《あま》色の髪の侍従や護衛たちが立っている。

「伝えたら美味くなるのか？」

ポロリ、と知らず識らずのうちに俺の目から涙が溢れた。

「そんな泣くほどのことですか？」

「人生には限りがある。人生で食える飯の量も限られているんだ。一食たりともメシまずはいやだ。少々のメシまずは許すけど、ここが無駄に豪華絢爛《けんらん》で便利なだけに許せない。どうしてキンキラキンに金をかけるならメシに金をかけない。メシは人生の基本ーっ」

俺が涙声で捲《まく》し立てていると、黄金のセルキー像の背後から侍従長や護衛たちに守られた第四王子が現われた。

「ターミ、どちたの？」

第四王子が心配そうな顔で駆けてくるから、俺は鼻を啜りながら抱き上げた。

「今日も可愛いな……けど、軽いな。小食の理由がよ〜くわかる」

「えんえん？」

小さな手で撫でられていると、イザークや侍従たちがいっせいに宮廷式のお辞儀をした。護衛たちは敬礼だ。

振り向けば、顔面偏差値の超絶高い国王が側近を従えて立っている。

「聖母様、いかがした？」

イケメン国王に抑揚のない声で聞かれ、俺は可愛い第四王子を抱いているにも拘わらず噛みついた。

「陛下、いい加減、聖母様呼びしつこい」

「連絡が入り、参上した」

イケメン国王が右腕の腕輪に触れると、俺の侍従たちからか細い声が漏れた。

「……聖母様の一大事ですから緊急と申し上げましたが、まさか、陛下直々《じきじき》にお出ましになるとは……」

ＳＯＳを飛ばしても国王御大が出張るとは想定外だったらしい。侍従たちは死刑宣告を受けた犯罪人みたいな顔で震えている。

けどさ、俺にとっては召喚の責任者だと明言したのはイケメン国王だ。

「陛下、俺を実家に戻すことができないなら、メシまずを改善してください」

激おこが通じたのか？　イケメン国王は切れ長の目を意味深に細めると、女神像が施された扉を差した。頑強な警備兵たちが立っている。

「こちらに」

イケメン国王に誘導され、俺は第四王子を抱いたまま従った。それでな、それな、びっくりした。どこを見ても酒、酒、酒。

酒蔵だ。……や、酒蔵は言い過ぎかもしれないけど、長身のイケメン国王より高い棚にはびっちり酒瓶が並んでいる。酒樽《さかだる》もいくつあるか数え切れない。下戸なら匂いだけでも酔いそうになるんじゃね？

「なんだ？　葡萄酒に林檎酒に杏《あんず》酒にさくらんぼ酒……酒ばっかり？」

「成人しているのならば、どれでも好きに飲まれよ」

おすすめとばかり、イケメン国王は赤葡萄酒のボトルを選んだ。六本足の馬がラベルには描かれている。

「……へ？　酒？」

ついさっき、俺はメシの改善を要求した。

どうして、酒？　英邁なる、聡明な、秀才の、優秀な、がイザークたちから聞いたイケメン国王の形容だったけどさ。人間顔面国宝の脳内はお馬鹿キャラと一緒じゃね？

「ロンベルクの酒は列強随一」

「……まさか、メシまずの代わりに酒？」

メシまずを改善できないから酒で手を打て？　そういうことか？　これで英邁なる国王

なのか？　ボンクラ国王じゃね？　俺が口をパクパクさせていると、第四王子に小さな手で頬をなでなでされた。

「ターミ様、陛下は一日に最低でも赤葡萄酒を一本、ウイスキーを二本、ドライジンを一本、空けられます。大神殿長は一日に最低でも赤と白の葡萄酒を一本ずつ、林檎酒を一本、ブランデーを一本、空けられます。宰相もほかの王族も同じく」

イザークに小声で耳打ちされ、俺は酒のみ兄弟の酒量を知る。

「ロンベルク王国の主食は酒？」

「主食はパンです。ジャガイモもよく食べます」

メシまずを酒でまぎらわしてるんじゃね？　酒が美味いからメシまずでもいいのか？　国王以下、王族がのんべえだからメシまずが改善されないのか？　紅茶やコーヒーが美味いのもメシまずが原因か？　そういや、メシまず帝国って評判の英国も紅茶やウイスキーは美味い。

俺がここで必死に考えても仕方がない。

「陛下、俺を家族のもとに帰せないなら、厨房に連れて行ってください」

俺が酒に見向きもしないと、イケメン国王は鷹揚《おうよう》に頷いた。

国王や王子が厨房に入るなんて前代未聞。

それは説明されなくてもわかっているけど、レオンハルト様は俺にぎゅっとしがみついて離れない。ただ、イケメン国王も厨房まで入ってくると思わなかったから俺も驚いた。前もって伝令《でんれい》が飛んでいても、厨房の料理人たちは今にも失神しそうな顔でイケメン国王を迎える。

俺は第四王子を抱いた体勢で、料理長の挨拶を受けた。

「料理長のアヒムと申します」

料理長は栗色の髪に白髪が交じる中年男性で恰幅《かっぷく》がよかった。バイト先の近所にあったレストランのオーナーシェフによく似ている。

「料理長、俺、故郷の味が恋しくて泣いちゃいました。故郷の味を作らせてください」

いくらブチ切れても本音は生八つ橋にくるんで、料理人たちに頭を下げた。故郷の味と言えば料理人のプライドも傷つけないはず。

「……ほう、聖母様の故郷の味ですか？」

「聖母様はやめてください」

厨房の天井はやたらと高いし、窓は大きいし、いくつもある作業台も大きい。コンロやオーブン、冷蔵庫は見当たらないけど、それらしい魔導具が備えられているように見えた。

あれは石釜？　ピザ釜じゃね？　水場も広いし、鍋や釜も小さいサイズから大きいサイズまで揃っているんじゃね？　ボウルみたいに見える木の椀はボウル？

「食材はいろいろありますね」

ロンベルク王国にも四季があると聞いているけど、港が近いことと長期間保管できる魔導具があるから、季節に関係なく野菜や果物が手に入るという。キャベツにカリフラワーにポロネギ、苺や林檎に葡萄に西洋梨に柿、卵から肉まで作業台にはいろいろ揃っている。大きな透明の瓶の中身はミルクや生クリームに見えた。胡桃やアーモンドやマカデミアナッツやピーカンナッツなど、ナッツの種類も豊富だ。グレープシードオイルに紅花《べにばな》オイルに南瓜《かぼちゃ》オイルに胡桃《くるみ》オイル、オイルも各種揃っていた。

「ご希望があればなんなりと仰ってください」

「調味料に醤油はありますか？」

俺が一番恋しい味は醤油味だ。

「王宮料理の味付けは塩のみでございます」

「王宮料理じゃなくて、ロンベルク王国の味付けなら、ブラックペッパー味とかガーリック味とかトマト味とかバジル味とかマスタード味とかコンソメ味とかマヨネーズ味とかありますか？」

「ロンベルク王国全域の味付けも塩のみでございます」

料理長が大きな手で差した先は、棚にズラリと並べた塩壺群だ。ヘルツェンバイン産・海塩やドレーゼ産・岩塩、デーア産の粗塩《あらじお》など、各産地の各種塩が取り揃えられている。けど、ハーブ塩やレモン塩はない。

「トマトも生クリームもあるのに塩一択？」

なんて勿体ない。いったいどれだけ塩が好きなんだ？　俺は心の中だけで突っ込んだ。

「生クリームはホイップしてコーヒーに使用します。大神殿長がお好きで、よく飲まれています」

「ホイップしているならホイッパーがあるんですか？」

「ホイッパーという名ではありませんが、生クリーム用魔導具ならございます」

料理長が差した先には、銀の泡立て器があった。

そう、マジ泡立て器だ。

けど、泡立て器によく似た魔導具だった。

若い料理人が泡立て器の取手部分のボタンを押すと、泡立て器の形が変わって動きだし、木のボウルの中の生クリームをホイップする。

どうして便利な調理器具があるのにメシまず、という素朴な疑問を深淵に沈めた。

「……あ、それ、砂糖を入れてホイップした生クリームを使います。もっと用意してください」

俺は若い料理人に頼んでから、第四王子に話しかけた。

「レオンハルト様、今から俺は故郷の味を作ります。ちょっと待っていてくださいね」

コクリと頷いた第四王子を作業台に載せた。キャベツやニンジンと並ぶケモ耳王子が超絶可愛い。

けど、侍従や料理人たちからは悲鳴が漏れた。

「ひっ」

亜麻色の髪の侍従長が真っ青な顔で第四王子を作業台からおろし、料理人たちが慌てて用意した椅子に座らせる。

「聖母様でなければ不敬罪で……」

誰かが何か言っているが、俺は構っていられない。

ここにあるもので手早く作れるメニューといえばオムレツ。

タマネギもきのこも鶏肉もあるし、パセリもあるしクリームもあるし、チーズもあるからボリュームのあるオムレツができるんじゃね。

俺は上着やベストを脱ぎ、ひらひらブラウスの裾をまくり上げ、真っ白なエプロンと帽子を借りた。

まず、水場で手を洗う。

「料理長、コンロは……えっと、どこで火を通していますか？　焼いているのはどこで？」

要領の得ない質問も料理長には通じた。

大きな石と小さな石を組んで作った石釜に見える魔導具を指される。銀の釦《ボタン》を押せば火がついた。フライパンそのものの調理具もある。

「ミルクとバターと小麦粉と塩をください」

俺はホワイトソースを作ろうと思った。

「牛のミルクでしょうか？　羊のミルクでしょうか？　岩牛のミルクでしょうか？　泉羊のミルクでしょうか？　オーツ麦のミルクでしょうか？　アーモンドのミルクでしょうか？　ヘーゼルナッツミルク、マカデミアミルク、カシューミルク、ココナッツミルク、スペルトミルク、ヘンプミルク、ライスミルク……どちらのミルクでしょう？」

料理長に真顔でミルクの種類を羅列《られつ》され、俺は頬を引き攣らせた。俺の知るミルクに知らないミルクが混じっているが、アーモンド以後は頭に入らなかった。

「……牛のミルク」

「ヘルツェンバイン産の牛のミルクでしょうか？　デーア産の牛のミルクでしょうか？　ドレーゼ産の……」

料理長の話を最後まで聞く気になれず遮った。

「どこの牛でもいいから新鮮なミルクをください」

それ、それなー、なんで、そんなことに拘って肝心の味に拘らない？　おかしいんじゃね？

口には出さずに調理器具の中から、取手付きの鍋を選んだ。

バターとミルクと小麦粉と塩でホワイトソースを多めに作る。生クリームで作ってもイケるけど、今日はあえてミルクから。

厨房にホワイトソースの匂いが漂いだし、料理人たちは小声で何か話しあっている。料理長は食い入るような目で俺の手元を見つめていた。

銀のスプーンでホワイトソースの味見。

「ホワイトソース、ＯＫ」

ホワイトソースは鍋に置いたまま、オムレツに取りかかる。

まな板みたいなカッティングボードとナイフの使い勝手はいい。木のボウルで大量の卵を割りほぐし、ほんの少しの塩で味付けした。

下準備してカットした鶏肉とタマネギ、マッシュルームに軽く塩を振って火を通す。別のフライパンでバターをたっぷり溶かし、割りほぐした卵を流し入れてフォークでかき混ぜる。ここで火を通しすぎないことがポイント。その中心に鶏肉やタマネギなどの具材にチーズを載せて、フォークで形を整えていく。

ジュウジュウという聞き慣れた音。

オムレツ用の皿のスタンバイＯＫ。

フライパンをくるりと逆さに返して、オムレツを皿に盛った。成功だ。見栄えもいいし、焼き具合もいいはず。

料理長は感動したように唸り、料理人たちから声が上がった。

「うおっ、東洋の子供に見えるけど手際がいい」

「十年修行してもあの手際は難しいぞ」

妙なことをほざいているが、オムレツを床に落とした日もひっくり返し損ねて潰した日も、数々の失敗オムレツを乗り越えたから今の俺がいる。

「焼きすぎないことがポイント」

焼きたてのオムレツを大皿に乗せた。ホワイトソースを垂らして、刻んだパセリをトッピングしたら出来上がり。

ナイフとフォークじゃなくてスプーンで味見。

「……うまっ……ばっちり半熟だ……。我ながら美味い……今までの俺が作ったオムレツ以上に美味い。バチくそ美味い」

はふはふ試食していると、足をぴっちり閉じて、じ～と見つめている第四王子に気づいた。食ってほしい。心の底から思ってしまう。

「レオンハルト様も味見してください」

俺が銀のスプーンでオムレツをすくって近づけると、第四王子は小さな口を大きく開けた。

その瞬間、国王に第四王子の侍従長や侍従、料理人たちはいっせいに驚いた。第四王子の小食ぶりは厨房でも頭痛の種だったらしい。

「俺用だから子供の口にはあわないかな？」

子供と大人の味覚は違う。俺は不安だったが、第四王子は耳をピクピクさせながらオムレツをあむあむあむ。

ケモ耳のピクピクがさらに激しく、頬が真っ赤、耳も真っ赤。

「……おいちい」

第四王子の弾けるような笑顔に、俺は胸が熱くなった。

「美味しいか？」

「もっと」

レオンハルト様が口を大きく開けたから、俺は心の中でガッツポーズ。

「よしっ」

俺が第四王子にオムレツを食べさせると、周囲のイケメンたちの興奮度がさらに上がった。

「……は、初めて、レオンハルト殿下が自分から口を開いたうえにまた……聖母伝説が蘇る……」

「……あ、あの食の細いレオンハルト殿下が自《みずか》らねだるとは……奇跡……まさに、奇跡です」

「聖母様はいったいどのような加護をレオンハルト殿下に授けたのでしょう。聖母伝説の幕開け……」

不吉な言葉が耳に飛び込んできたから、俺は顔を歪めて首を振った。

「聖母様じゃない。うちの故郷の平民が食べるメニューです」

俺は第四王子の侍従長にオムレツと銀のスプーンを渡した。聖母伝説なんちゃらが沸騰する前に、オムレツを試食させたいし、俺のメシのために作り方を覚えてほしい。手早くふたつめのオムレツを焼き、イケメン国王の前に置いた。

「陛下、試食してください」

俺が薦めると、イケメン国王は鷹揚に頷いてナイフとフォークを手にした。

スッ、とナイフで切った途端、とろとろのチーズと卵が流れだす。ホワイトソースと絡まっていい塩梅《あんばい》だ。

イケメン国王は完璧なテーブルマナーでオムレツを食べだした。側近や警備兵、料理人たちは固唾《かたず》を呑んで見つめている。

長いようであっという間。

イケメン国王は一瞬でオムレツを平らげた。

「どうですか？」

「もう一皿、所望する」

イケメン国王にきつい顔で言われたから戸惑った。

「美味い、ってことですね？」

味覚音痴じゃなかったんだ、と俺はほっとした。味覚が馬鹿だったらどんな美味い料理もわからないからさ。

「聖母様の味」

「しつこい陛下、俺の故郷の平民が食べている普通のメニューです」

俺は三つ目のオムレツを焼いてイケメン国王の前に置き、四つ目のオムレツを料理長の前に置いた。

「料理長たちも試食してください。美味いと思ったら、夕食からでも出してください」

料理長や料理人たちはそれぞれ一口食べた後、雄叫《おたけ》びみたいな声を上げた。

「……こ、このとろけるような美味さは聖母様の魔力によるものですか？」

「卵やチーズがどうしてこんな味に……奇跡の美味さ……まさしく、聖母様の故郷の味ですな」

「聖母様、さすが……紅茶やコーヒー用のミルクがこのように美味なるソースになるとは……ソースをつけなくても美味いが、ソースをつけたらまた味が違って美味い」

五つ目のオムレツ、六つ目のオムレツ、七つ目と八つ目のオムレツは鶏肉の代わりにエビ、九つ目からのオムレツは鶏肉の代わりに鴨肉《かも》で作った。

厨房にいた全員がオムレツを試食した後、俺は木のボウルでクレープの生地を作りだす。基本、小麦粉に砂糖にミルクに卵に水で生地は焼ける。粉ふるいはないから籠で代用した。カフェで毎日大量に焼いた経験により、計量しなくても生地の緩さでなんとなくわかる……わかるはずじゃね？

熱したフライパンにバターを乗せた。

レードルでクレープの生地を注ぐ。ロゼルがないからフライパンを回しながら生地を丸く薄く伸ばす。

「……今だ」

ナイフはいろいろなタイプが揃っていたけど、パレットナイフともいうスパチュラはなかった。

スパチュラに近いナイフやフライ返しを使って、クレープをひっくり返す。周りから大歓声が湧き起こった。

裏面を軽く焼いてから、生地をハンカチ折りにした。刷毛《はけ》がないからスプーンでバターを塗って大きな皿に移す。

清潔な布で即席《そくせき》絞り袋を作り、ホイップした生クリームを詰めた。ハンカチ折りしたクレープを生クリームで飾り、苺や木苺や赤スグリと砕いた胡桃やピーナッツを乗せる。

ベリー系クレープの出来上がり。

味見して、自画自賛《じがじさん》した……や、卵とか果物とか生クリームとかバターとか、素材そのものの味が濃くて美味いんだ。特にバターと生クリームがパネェ。

「レオンハルト様、味見してください」

第四王子はオムレツをペロリと食べた後なのに、小さな口を勢いよく開けた。周りのどよめきがますます大きくなる。真っ赤な目でハンカチを握り締めているのは第四王子の侍従長だ。

「おいちい。おいちい～っ。おいちい～っ」

第四王子は耳や尻尾をふりふりして、ベリー系クレープを称えてくれる。侍従長たちは涙を流して喜ぶ。

「よかった。全部、食べてくださいね」

俺が激アツモードで接していると、やけに熱い視線を感じた。なんだ？　って、振り返ったら迫力満点のイケメン国王がいた。

「……あ、陛下は大酒飲みでスイーツは……あ、陛下も召し上がりますか？」

「所望する」

イケメン国王の圧力に負け、フライパンやナイフをオイルで濡らした布で綺麗に拭いてから、俺は二枚目のクレープを焼いた。末王子と同じようにベリー系クレープだ。

イケメン国王は宿敵《しゅくてき》に対するような表情で黙々と平らげる。そばにいる侍従も側近も顔には出さないけれど驚いているようだ。

わざわざ感想を聞く必要はない。そんな感じ。

俺が三枚目のクレープを焼いていると、手元を凝視している料理長が独り言のようにポツリと零した。

「陛下は甘い物が嫌いだとばかり思っていました」

俺も酒好きのイケメン国王は甘い物は嫌いだと思っていた。

立て続けにクレープを七枚焼く。ハンカチ折りのクレープは生クリームでベリー系、巾《きん》着《ちゃく》のクレープはマスカルポーネで火を通した西洋梨、三角形のクレープはマスカルポーネで無花果《いちじく》。三種で仕上げる。

「クレープとやら……そんな折り方もあるのですか」

「四つ折り、扇形、三角オモテ、三角形、正方形、長方形、ほかにも折り方はありますよ。くるくる捲いてもいいし」

クレープの折り方や食材の組み合わせで、いろいろ変わるから作っていて楽しい。

「マスカルポーネがデザートになるとは驚きました」

「マスカルポーネで美味しいスイーツがたくさんできますよ」

料理長や料理人たちだけでなく、厨房にいた全員にクレープを試食させた。全員、クレープを一口食べた途端、歓喜の声を上げる。

それでさ、感動してくれるのはいい。いいけど、賛美歌を歌いだすのは違うんじゃね？聖母様を称える歌？　なんで？　それなー、いい加減に聖母様はやめてくれよ。

俺が賛美歌を止めようとしていたら、料理長にいきなり詫《わ》びられてしまう。

「聖母様、私は自分の無知と未熟さを恥じ入ります。自惚《うぬぼ》れていました。面目《めんぼく》ない」

「聖母様、私は平民でして、魔力を持っていません。聖母様の故郷の味は作ることができません」

「聖母様、私は貴族の父が平民の女官に産ませた子供で魔力を持っていますが、聖母様の故郷の味は出せないと思います」

料理長や料理人たちがとんでもない勘違いでしょんぼりしているから、俺はナイフを手に思い切り首を振った。

「……そ、そんなの、魔力なんていらない。俺も魔力はないただの平民だ。料理の腕さえあれば作れるよ」

疑心暗鬼の視線を注がれるが、俺は料理長に手順を説明した。けどさ、料理長はずっと作り方を見ていた。見ただけですべて覚えている。やっぱプロ。昔気質《むかしかたぎ》のプロだ。

「料理長なら明日にも美味いオムレツやクレープが作れると思う。楽しみにしています」

ポンッ、と俺が料理長の肩を叩くと、周囲の奴らが感激したように目を潤ませた。

「聖母様、なんて慈悲深い」

「まさしく聖母様ではありませぬか。お優しい」

聖母様ってマジないわ。誰か、誤解を解いてくれ。諸悪の根源は厨房で悪目立ちしているイケメンだ。

「陛下、聖母様の誤解を解いてください」

俺の言葉をクールに無視し、イケメン国王は大食堂から颯爽《さっそう》と退場しようとする。聖母様を称える歌が響き渡る中、国王の侍従や警備兵たちは俺に宮廷式のお辞儀をしてから出入口に向かった。

「そこの色男、逃げるのか?」

広い背中に向かって、つい俺の口が滑った。イザークたちが震え上がったけれど、口から出た言葉は取り消せない。

「ちょうどいい。我が国がどんな状態か、ご覧になられよ。レオンハルトは控えさせる」

イケメン国王の言葉に呼応するように、イザークや側近たちがすぐに動いた。問答無用で俺もイケメン国王に続く。……続くしかなかったんだ。

イケメン国王の転移術で果てしなく広い王宮も一瞬で移動。

屈強な王宮警備兵が並んでいる前、天井や壁や円柱など、黄金と水晶がふんだんに使われている大広間に到着した。

俺には見えない魔法の結界が解除された瞬間。

「……うっ？」

思わず、声を漏らすぐらい空気が違った。何かが、何かわからないけど違う。一昨日、召喚された祭壇に似ているようで似ていない。魔力を持たない俺でも、この空間は普通じゃないとわかる。イザークや若い従長たちは苦しそうに咳き込み、立ち止まった。どうも、動けないらしい。三ツ目の龍の像が施された円柱の前で待機だ。

「さすが、聖母様は苦しくないのですね」

「聖母様はさすがです。ご本人は否定しているけれど、まさしく聖母様の証《あかし》」

誰かが小声で称賛しているが、俺はわけがわからないまま広い背中を追った。

水晶のシャンデリアの下、麗しすぎる大神殿長や見るからに身分の高そうな宮廷貴族が揃っている。青い瞳ばかりだから王家の血を受け継ぐ上級貴族たちかもしれない。いっせいに臣下の礼を取った。

「陛下、ヘルツェンバインの危機でございます。魔獣襲来により、領主一族の魔力が行き届かぬ様子。救援要請がございました」

金髪碧眼の中年男性が沈痛な顔つきで言うと、イケメン国王は鷹揚に頷き、大広間の中央に悠々と近づいた。翼を持った二頭の獅子の大きな青紫水晶をぐるりと囲むように、天馬や不死鳥や一角獣などの透明な水晶が並べられている。

「ターミ様、このような事態ですからご挨拶は控えさせていただきます。我が国の現状をご覧ください」

大神殿長に切々と言われたが、留年の覚悟をしたドイツ語よりわからない状態だ。

「大神殿長、意味がわかりません」

「ここはロンベルク王国の泉魂」

大神殿長が握っている白銀と黄水晶の杖は大広間の中心を指している。フリートヘルム九世が何やら唱え、手に黄金と青水晶の杖を出す。マジシャンのマジックじゃなくて魔力による魔術だ。

「ますますわかりません」

「この場を破壊されたら、我が国は崩壊します」

「うわ」

俺が一歩引くと、大神殿長は白銀と黄水晶の杖で指しながら語りだした。ロンベルク王国の泉魂とはロンベルク王国そのものだという。

「中心、翼を持った二頭の獅子が王都です。周りにある天馬や不死鳥などの水晶は各領地を示しています」

王都を現わしている翼を持った二頭の獅子の青紫色の水晶は、国王や王族、宮廷貴族が魔力を注いでいるから一番光り輝いている。ドレーゼ領の天馬、デーア領の不死鳥、ツヴァイク領の一角獣、シーラッハ領の双頭の鷹《たか》など、水晶が光り輝いていれば魔力が行き届き、結界が守られている証明だという。

「各領地……四六？」

俺は周りの水晶の数を一気に数えた。

「さようでございます。四六人の領主が責任を持ち、各領地に魔力を注いでいます。それゆえ、各地の結界は守られています。ライトの明りもつきますし、水も流れます、火もおこせます」

魔力が天然ガスや石油なんかの資源エネルギー？　魔力が電気にもガスにも水道にもなるようなものか。この場が原子力発電所みたいなもんなのかな。違うかもしれないけど、魔力がこの国のライフラインをキープしているんだ、と俺は自分なりに解釈した。

「魔力がなくなったら大変じゃね？」

「さようでございます。ヘルツェンバイン領が魔獣の襲撃を受け、結界を破られ、防戦一方になり、王宮に救いを求めてまいりました」

大神殿長の白銀と黄水晶の杖の先は、黒く染まった翼のある兎の水晶だ。黄金のプレートには『ヘルツェンバイン』と記されている。

「……あ？　翼のある兎の水晶が黒い？」

「救援要請があったヘルツェンバイン領でございます。私たちの魔力では足りないと判断しました」

フリートヘルム九世の黄金と水晶の杖から青い光が、黒くなっていた翼のある兎の水晶に流れていく。瞬く間に水晶から魔獣色の闇が薄れていった。居並ぶ上級貴族たちは若い国王の魔力に感服している。

「陛下がヘルツェンバイン領の水晶に強い魔力を送ることにより、ヘルツェンバイン領地に陛下の魔力が浸透します。ヘルツェンバイン領主も魔獣退治が可能になります」

大神殿長の説明を肯定するように、翼を持つ兎の水晶はほかの領地の水晶と同じようにキラキラ輝きだした。早くもヘルツェンバイン領主から魔獣退治の報告と感謝が届けられたようだ。魔術省長官を筆頭に上級貴族たちから若い国王への賛嘆の声が上がる。

一見落着。

祝杯でも挙げそうなムードの中、俺は一角獣の水晶の異変に気づいた。プスプスプス、といういやな音とともに黒い煙を出している。

「……え？　一角獣の水晶も黒くなった？」

俺が一角獣の水晶を指した瞬間、魔術省長官が嗄《かす》れた声を上げた。

「陛下、ツヴァイク領も助けを求めています。領主が魔獣と交戦中、領主夫人が慈悲を請うています」

宮廷服の上級貴族たちは低い悲鳴を漏らしたが、若いイケメン国王は顔色一つ変えない。けれど、何か小声で唱えた。

フリートヘルム九世の額に目が現れる。

……う、嘘……いくらなんでも嘘だ。

俺の目がメシまずでおかしくなった、と俺は自分の目を擦ったけど、イケメン国王の目は三つある。第三の目は縦長で真っ赤だ。

シャーッ。

そんな音とともにフリートヘルム九世の第三の目から眩しいぐらいの真紅の光が黒ずんだツヴァイク領の一角獣の水晶に注がれる。

一瞬にして、ツヴァイク領の水晶は元の輝きを取り戻した。

その場にいた宮廷貴族たちより国王礼賛《らいさん》の声が上がる。

「……え？　眉間に目？　第三の目？」

俺がよろけそうになると、大神殿長に優しく支えられた。

「巨大な魔力を持つ証です」

「イケメン国王、パネェ……あ、大神殿長も？」

「私も弟たちも叔父上たちも先代国王も先々代も持っていません」

大神殿長は一呼吸置いてから語り始めた。

「始祖は第三の目を持ち、乱世を終わらせ、聖母様のご加護を受けてロンベルクを建国しました。第二代国王、第三代国王まで第三の目を持っていました」

第三の目は超絶やばいヤツ。三ツ目の獅子や三ツ目の鷹など、王宮に三ツ目の彫刻や絵画が多いわけがわかった。

「……第四代国王は第三の目を持っていなかったのか？」

「さようでございます。第四代国王から第三の目を持つ国王はひとりも生まれていません。長い間、第三の目を持つ王子が誕生せず、伝説と化していた時に兄上がお生まれになりました」

「奇跡？」

無意識のうちに俺の口から出たワードに、大神殿長は綺麗な目をゆらゆらさせた。男だと知らなかったらヤバい色気だ。

「さすが、ご存知ですね。陛下は奇跡の王子と呼ばれ、お育ちになられました」

「そんな魔力を持っていたらなんでも召喚できるし、俺を帰せるんじゃね？」

第三の目の魔力ならできる、と俺は勢い込んだ。

「前にも申し上げましたが、お望みの手段がございません。申し訳ございません」

「これだけすごいんだ。きっとなんとかなります」

銚電は本業じゃなくてぬれ煎餅やまずい棒でなんとかなった。召喚の反対もなんとかなる。なんとかしてくれ。

「何故、聖母様を召喚したのか、理由をご存知ですね？」

大神殿長に苦悶《くもん》に満ちた顔で聞かれて、俺は首を左右に振った。

「そういえば聞いていなかった」

「跡取り問題です。魔獣が急激に増え、各領主も疲弊している中、跡取りを定めたかったのです」

「跡取り？　陛下が結婚して王妃様に跡取りを生んでもらえばいいんじゃね」

あのレベチのイケメン国王ならどんな美女も選び放題、と俺は漠然《ばくぜん》と思った。けれど、周りで聞き耳を立てていた上級貴族たちが上品に動揺している。

「陛下の魔力が巨大すぎて、妊娠することはできても出産できません。魔力の強い王妃を三人迎えましたが、三人とも子を宿したまま白き泉に向かわれました」

麗しすぎる第二王子の言い回しが理解できず、俺は首を傾げて聞き返した。

「簡単に言ってください」

「陛下の子を宿しても産むことができず、三人の王妃がお亡くなりになりました」

「……う」

俺の実の母親は俺を産んで亡くなった。どんなに医療が発達しても出産は命がけだ。俺は若い国王が新しい王妃を拒む気持ちがよくわかる。

「私たちの父である先代国王も魔力は強く、王妃に迎えたのは血縁関係のある叔母でした。王族同士の結婚でしたから、私たち三人の王子を出産することが可能だったのでしょう。それでも、第三王子を産んだ後、半時もせずに力尽きて白き泉に向かわれました」

白き泉に向かわれた、っていう表現が死亡だと理解する。

「レオンハルト様の母親は？」

「隣国の王女でしたから無事に出産されましたが、体調を崩され、一月も経たずに白き泉に向かわれました」

「……う」

「陛下は結婚を拒み、愛妾《あいしょう》も持とうともしません。弟に王位を譲る気ですが、私は大神殿長としての天命をまっとうします。還俗《げんぞく》する気はありませんし、国を守る魔力も持っていません」

「第三王子がいましたよね？」

「あの子は成人前に先代国王に逆《さか》らい、罰を受け、王位継承権を失っています。本人も昔から王位に関心がありません」

麗しすぎる第二王子のやんちゃな弟王子に対する鬱憤《うっぷん》が静かに爆発したような気がする。顔色も声音も変わらないけどさ。

「末っ子のレオンハルト様が次期国王でいいんじゃね？」

第一王子と第四王子は歳が離れているからいいかもしれない。レオンハルト様が中年になってもフリートヘルム九世なら元気そうだけど。

「陛下もそのつもりでしたが、亡き御母堂様の母国がレオンハルトを王太子として迎えたいそうです。隣国も後継者問題で悩んでいますから一戦も辞さない模様」

レオンハルト王子を引き取りたくって戦争？

俺には理解できない世界だ。

「異世界も深刻な少子化問題か……って、ここは少子化ってわけじゃないよな……で、どうして聖母様召喚になる？　……あ、聖母様に陛下の子供を産んでもらう気だったのか？」

「そんなことは露《つゆ》にも」

大神殿長の表情を見て、俺は罰当たりなことを言ったと気づいた。周りの上級貴族たちは驚愕でそれぞれ息を呑んだ。「ひっ」と低い呻き声を漏らしたのは王族の長老だ。

「聖母様に次の王妃を教えていただきたかったのです。後継者出産のご加護も授けていただきたかった」

「そんなことで？」

「宰相も長官たちも私も国を思うあまり、陛下を追い詰めてしまいました。悔いています」

ぎゅっ、と大神殿長に手を握られ頭を下げられた。背後に控えていた上級貴族たちもいっせいに腰を折る。

「そんなことより、メシまず問題のほうが重要じゃね？」

俺が本心を打ち明けると、絶世の美形たちの顔がいっせいに崩れた。

5　砂糖や小麦粉の種類が豊富です。

翌日の朝、料理長のプライドがこめられたクレープが朝食として並んだ。昨日、俺が作ったベリー系クレープに見える。

「料理長以下、料理人たちは厨房に泊まり込みでクレープとオムレツの研究をしたそうです。噂を聞きつけた王立騎士団員や文官たちが試食として乗りこんで大騒ぎでしたようで。みんな、ターミ様を絶賛しています」

ブンブンブンブンッ、っていう音はなんだ？　風か？　虫か？　ブンブン音を探ったら、高速大回転しているイザークの尻尾だ。ケモ耳のピクピクも激しいからだいぶ興奮している。落ち着いたほうがいいんじゃね。

「イザーク、紅茶を淹れてくれ」

「……あ、失礼しました。普段は傲慢《ごうまん》な文官もクソ生意気な騎士団員もターミ様を絶賛するから嬉しくて……ターミ様のオムレツとクレープは王宮中で噂になっています」

それでどうして、そんなにイザークが興奮するのかわからないけど、突っ込まない。

俺はナイフとフォークを持ち、クレープを調べた。……ま、クレープの薄さじゃない。パンケーキほど厚みはないけど、クレープって言うのは難しい。

「ロゼルもスパチュラもないのに、ここまで薄く焼けたのはすごい。やっぱ王宮の料理長だ」

一口食べたら、料理長への尊敬度がアップした。レシピがなく、正確な分量もわからないのに、ここまで味を再現する職人技に拍手。

「今朝の紅茶は料理長が選びました。どうですか？」

「うん、甘いクレープと渋めの紅茶がいい。料理長、やるじゃん」

俺が紅茶に砂糖もミルクも入れないで飲むとわかったうえでのチョイスだ。憎《にく》いね、料理長。

「パンとチーズも召し上がりますか？」

イザークに差しだされたパン籠には、ヘルンヒエンに見える角の形のパンやシュネッケに見える干し葡萄入りの菓子パンがある。俺は手を伸ばす気にもなれない。クレープで感動した後だから裏切られたくないんだ。

けど、見た目がいいから一口食べた。味噌汁に昨日の残りのギョーザを入れた時より後悔した。

「それ、それなー。パン問題を解決しなきゃ」

二杯目の紅茶を飲んで、イザークが選んだ本日のお召し物を拒否できずに着る。厨房に乗りこもうとした矢先、第四王子がひょっこり現われた。

「レオンハルト様、おはよう。今日も可愛いな」

おいで、と俺が勢いよく両手を広げると第四王子は尻尾を振りながら駆けてくる。頬は綺麗な桃色だ。

「ターミ、おいちい。おいちかったの～っ」

スリスリスリっ、と甘えるように頬を擦り寄せられ、俺の顔はだらしなく緩んだ。

「……あ、昨日のオムレツのことかな？　クレープのことかな？」

「クレープ」

「やっぱスイーツが好きなのかな？」

「クレープ。ターミのクレープ。ターミ、クレープ。クレープ」

つぶらな目をキラキラさせてクレープを連呼されたら、百枚でも千枚でも休憩なしで焼いてやる。……や、ここはプリンとかババロアとかアイスとかケーキとかシュークリームとかじゃね？　得意なスイーツはクレープだけじゃない。

いでよ、俺のカフェバイト経験。

乗り越えろ、先輩に嘆かれた俺の数々の残念作。

「よしっ。可愛いレオンハルト様のため、今日は違うスイーツを作る」

俺が滅多に出さない闘志を燃え上がらせると、チュッ、と第四王子にキスされた。

「ターミ、ありがとう」

「任せろ。何がいいかな」

俺が第四王子を高く抱きあげると、耳と尻尾が楽しそうに揺れる。きゃっきゃっきゃ、っていう弾ける声も可愛い。

それまで静かに控えていた第四王子の侍従長が涙目で口を挟んだ。

「聖母様、神聖なる私の名において、紅き泉より深き感謝を捧げます。レオンハルト殿下が一皿平らげたのは初めてでございます。食事に興味を示すのも初めてでございます。今まで陛下の魔力と魔術省特製の薬で健康を保っていたようなものでございました」

侍従長が言い終えるとほかの侍従たちもいっせいに俺に向かって跪《ひざまず》いた。新興宗教の教祖を前にした信者じゃね？　引くわ。イザークからも聞いたけど、レオンハルト様はそれだけ危険な状態だったんだよな。

「感謝してくれるのは嬉しいけど、聖母様呼びはやめてください」

「ご生母様の顔も知らず、乳母と後見人も早く白き泉に向かわれ、先代陛下や歳の離れた兄君たちとは渡る橋が異なり、殿下は孤高の神とお過ごしになられてきました。殿下がこのように楽しそうなのも初めてでございます。第四王子付きの我らにしてみれば、ターミ様は天から遣わされた聖母様そのものでございます」

侍従長が言い切った後、桃色の髪の侍従が泣きながら言った。

「いつもなら朝も夜もお寂しそうですが、ご就寝の前には『明日もターミに会いたい』と仰せになられ、今朝はお目覚めになった途端、殿下は『ターミに会いたい』と仰せになられて……聖母様、孤独な星に愛《め》でられた王子にご慈悲を賜《たまわ》りたく」

言い回しがくどくてわからないし、聖母様呼びをやめさせたいが、マジヤバすぎて止められない。レオンハルト様思いはわかるけど痛すぎる。正直あんまり関わりたくない。

「レオンハルト様、一緒に厨房に行く？」

俺が可愛い顔を覗きむむと、ケモ耳がピクピク動いた。

「ターミと一緒。見てる」

俺は可愛い第四王子を抱き直すと、自分の居住区域から出た。広すぎる王宮の厨房まで歩いたら一時間ぐらいかかるという。イザークが転移術を使えるから、転移扉がある広間に向かって進んだ。……進もうとしたけれど、進行方向に異常事態発生。

のぅぅぅ、迫力満点のイケメン国王と麗しい大神殿長だ。

一瞬にして、周りの空気が変わる。イザークや第四王子の侍従長たちは恭しく宮廷式のお辞儀をした。

「ターミ、レオンハルトが世話になる。我も付き添う」

イケメン国王が淡々と言うと、麗しい大神殿長が艶っぽく微笑んだ。

「ターミ様、青き泉を渡ることのできぬ幼き末弟がご迷惑をおかけしています。私もおそばで微力ながらお仕えさせていただきます」

……え？　つまり、レオンハルト様が何かやらかすかもしれないから兄がふたりもついてくる？　保護者付添いってさ、国のトップと宗教のトップじゃん。ツートップはありがた迷惑どころか大迷惑、と俺は喉まで出かかったがすんでのところで思い留まった。

「……あの、レオンハルト様はおとなしくて行儀がいいから大丈夫ですよ。俺、ずっと弟が欲しかったたし、迷惑なんて思っていません」

……あ、王子を弟なんてヤバい？　不敬罪で斬首《ざんしゅ》じゃね？　イザークや周りの顔色を見て焦ったけど、イケメン国王や麗しすぎる大神殿長の表情は変わらない。

けど、問答無用の圧力をかけられた。

これ、断わったらあかんヤツ？

結局、昨日と同じように、イケメン国王の転移術で厨房まで行った。

転移の間から厨房の前まで逞しい王立騎士団の精鋭《せいえい》たちが護衛していた。前代未聞の大珍事リターン？　俺に突き刺さる視線が痛い。

厨房は国王と大神殿長と獣人国の次期国王に望まれている第四王子の登場にピリピリしている。可哀相に若い料理人なんて今にも失神しそうなぐらい震えていた。

堂々としているのは国のツートップと俺が抱いている第四王子ぐらい。

イケメン国王や大神殿長は仰々《ぎょうぎょう》しい挨拶を断って、用意された椅子に腰掛けようとしたけど、視線だけで側近に指示し、椅子の位置を変えさせる。

……げ、近くなった？　それ、それなー、ロンベルクのツートップは俺の作業が見える位置をキープしたんじゃね？　俺と料理長の会話も聞く気か？　第四王子の可愛さに免じて文句を呑み込み、俺は料理長と向かい合う。徹夜したと聞いたけど、目の下には二重のクマ。

「聖母様、今日もご指導くださるとのこと痛み入ります」

料理長に頭を下げられ、俺は首を振った。

「料理長、聖母様はやめてください。次、言ったら目の下のクマを攻撃します……で、今朝のクレープ、美味しかったです。ありがとうございました」

俺が礼を言うと、厨房の空気が変わった。ポカーン、と副料理長や生意気そうな料理人たちの口が大きく開いたままフリーズ。

「お恥ずかしい。薄く焼こうとしたら破け、破けないように焼こうとしたら厚くなり、なかなかターミ様のように仕上がりません」

料理長は無念そうに唇を噛んだけど、俺はおばこ焼を初めて食べた時みたいに感動したよ。

「道具さえあればクレープは簡単に焼けます。調理具を作ってください」

お料理上手でもクレープ用の調理具がないとクレープは難しい。メシまず料理人じゃクレープ用調理具が揃っていても難しいんじゃね。お転婆《てんば》の従妹みたいに。

「魔導具でしたら魔術省に連絡しましょう」

「魔力はいりません。単なる調理具です。木べらやレードルと一緒」

俺は第四王子を大神殿長の隣に座らせてから、ロゼルやパレットナイフともいうスパチュラについて説明する。生地にバターを塗る刷毛もあったほうがいいし、クレープ用フライパンも作ったほうがいい。紅茶用の茶こしがあるから粉ふるいも作ってもらおう。仮にも美食の国って言われているならメシまず改善のために。……知らんけど。

「クレープは果物や生クリームを使ったスイーツ系だけじゃなくて、卵やハムやチーズを使った食事系もできる。自由自在のメニューです」

バイト先のカフェではクレープのフルコースもあった。前菜からスープにメイン、シメのデザートまですべてクレープだ。一推しはクレープのグラタン。

「ほぅ、卵やハムやチーズを使ったクレープですか」

「食事系は蕎麦粉《そばこ》を使ったガレット……えっと、小麦粉じゃなくて蕎麦粉の生地があいます。栄養価も高い。蕎麦粉、蕎麦ってありますか？」

日本の蕎麦みたいな形じゃないけど、蕎麦は昔から世界各地で食べられている。スロベニアは蕎麦のジュースまである蕎麦大国だし、ブルターニュのガレットは種類が多くて毎日食べ続けても飽きないって聞いた。一見、昔の西欧っぽいロンベルク王国にもあるんじゃね？

諏訪《すわ》出身の蕎麦屋の息子が言っていたけど、蕎麦があるだけで人生は楽しいってよ。

「面目《めんぼく》ない。私は存じません」

俺の微かな期待は砕けたけど構わない。

「小麦粉の生地でも、食事系のクレープは美味いです。ある程度のレパートリーは教えますが、あとは研究してください。楽しみにしています」

俺が挑戦状を叩きつけると、料理長は好戦的な目で頷いた。

「ありがとうございます」

「次、主食のパンです」

「はい。パンはお好みではありませんか？」

料理長は俺が毎食パンを残している理由に気づいていない。

「発酵させていますか？」

「発酵とはどのような魔術ですか？」

それ、それな、その質問返しですべてわかった。

「葡萄を発酵させて葡萄酵母を作ります。林檎でもいいかな……や、その前にクッキーの生地を作って寝かせておきましょう」

季節外れの生鮮食品を保管できる魔導具があると聞いていた。昨日、突っ込んで聞いてみたら、冷蔵庫や冷凍庫にあたる魔導具があるという。冷蔵庫や冷凍庫があれば、メニューのレパートリーはぐっと広がる。

「クッキーとはどのような魔術ですか？」

「俺は魔力もないし、魔術も使えません。まず、その思いこみを捨ててください」

「聖母様とお呼びしたらご不快そうですからターミ様とお呼びしますが、巨大な魔力をお持ちとしか思えません」

聖母様が何を仰せになる、と料理長も背後の料理人たちも小声で漏らした。どんなフィルターがかかっているのか、確かめるのは後だ。

「魔力は持っていません。さぁ、クッキーの準備に取りかかりましょう。今日、教えますから明日は料理長が焼いて僕に食べさせてください」

軽くプレッシャーをかけてから、クッキー作りに突入した。初心者でも失敗しない焼き菓子の定番だ。混ぜて焼くだけ。カフェでも自宅でも焼いてきたから、計量器がなくてもだいたい感覚でわかる。けど、やっぱりあれば使いたい。英単語や独単語は覚えられなかったけど、カフェの食事メニューのレシピはすぐに暗記できた。

「キッチンスケール……秤《はかり》はないんですか？」

「秤とはどのような魔導具ですか？」

「料理を作る時……えっと、パンを焼く時に小麦粉や塩やバターの量をどうやって量っていますか？」

「カンです」

料理長が胸を張って答えると、無言で聞いていたパン職人や若い料理人たちも同意するように頷いた。目分量や感覚がスタンダード？

「今までの料理で食材の量を量ったことはありますか？」

「一度もありません」

料理長の返答で素晴しい食材を残念にした料理に納得した。

「すべてわかったような気がします」

「……あ、大神殿長にご用意するお飲み物の生クリームや砂糖の量は指示されています。カップや杯のサイズ、銀のスプーンのサイズで計量しています」

料理長が思いだしたように言うと、副料理長が作業台の引きだしから羊皮紙の束を取りだした。手渡され、俺は息を呑む。

二頭立ての馬車のカップに濃いコーヒー＋ホイップした生クリーム大さじ二＋赤砂糖大

さじ一。四頭立ての馬車のカップにコーヒー＋牛のミルク半分＋粉砂糖小さじ一。車輪のカップにコーヒー＋ヘルツェンバイン産アーモンドミルク半分／砂糖なし。天馬のカップに薄いコーヒー＋薔薇で香り付け／砂糖なし。御者のカップにやや濃いめのコーヒー＋生クリーム大さじ五＋粉砂糖大さじ二＋シーラッハ林檎酒水晶杯……コーヒーのほかに紅茶も酒もある。グリフォンラベルのウイスキーとソーダＡＢを半分ずつグリフォンの銀杯。ツヴァイク産洋梨酒七割ソーダＡＢ三割で春の女神の金杯……これ、コーヒーも酒も紅茶もいったい何種類あるんだ？　羊皮紙が一枚二枚三枚……数え切れないぐらいどっちゃりじゃね。

料理のアバウトさと大神殿長用の飲み物の細かさ。

……あ、コーヒーや紅茶にシナモンやジンジャーを使っている……あぁ、スパイスコーヒーやスパイスティー。これ、スパイスも揃っているんじゃね？　大神殿長は食事をまったく摂らず、朝から晩まで飲み物ばかりだって聞いた。このこだわりをどうしてメシに回さない？　わけがわからん。わけがわからないけど、ロンベルク王国のコーヒーや紅茶や酒や飲み物関係が美味い理由はわかったような気がする。

「小麦粉や砂糖や卵やバターの分量で焼き菓子は決まります。シフォンケーキもパイもタルトも計量のミスが致命傷《ちめいしょう》」

俺が羊皮紙を眺めながら言うと、大神殿長はにっこりと微笑みながら口を挟んだ。

「ターミ様、魔術省ならば秤がございます」

「魔術省に？」

「ターミ様のお言葉を借りるならば、薬草や魔石などの分量により薬は決まります。解熱剤や鎮痛剤は計量ミスが命取り」

言われてみれば、料理も実験のようなもん。そういえば、理工学部のバリバリ理系の友人の趣味がお菓子作りと実験だった。お菓子レポートと実験レポートが同じレベルでSNSにアップされたから感心したんだ。

「それ、それだ……あ、なら、粉ふるいもありますか？　紅茶用の茶こしの大きいサイズ」

俺がジェスチャーで粉ふるいを表現すると、大神殿長は白い頬に手を当てて考えこむ。粉ふるいはどうやって表現すればいいのか、と悩んでいると大神殿長は思い当たったように口を開いた。

「……………ございます。薬湯を作るときに使っています」

「それ」

「大至急、魔術省から運ばせましょう」

大神殿長の一声で侍従長が動き、俺が作業台の食材を調べているうちに届けられる。俺が知るキッチンスケールじゃない。骨董品屋で売られているような天秤だ。それでも、ないよりいい。粉ふるいはジャストサイズ。

「小麦粉とバターと塩とグラニュー糖とベーキングパウダー……ないよな。重曹《じゅうそう》を用意してください」

ベーキングパウダーの歴史は浅いけど、重曹の歴史は古かったはずだ。これだけ文化が成熟しているからあるはず。

「小麦粉とバターと塩は取り揃えております。小麦粉も挽き方により、用途が異なりますから」

重曹がない、と料理長は言外で語っている。

「……あれ？　大神殿長の飲み物リストにはソーダがありますよね？　ソーダＡＢ？　これは葡萄酒や果実酒を炭酸で割った飲み物じゃね？　クエン酸と重曹で炭酸のしゅわしゅわしゅわ～っ」

俺が両手の指を動かして炭酸を表現した。

「しゅわしゅわしゅわ～っ、とする飲み物でございます。大神殿長と国王陛下、第三王子殿下がお好みでございます」

「大神殿長が飲んでいるなら掃除用じゃない。ソーダＡＢを見せてください」

予想した通り、作業台に用意されたソーダＡＢは炭酸だ。ソーダＡがクエン酸でソーダＢが重曹。これで焼き菓子のレパートリーが増える。

「小麦粉とバターと卵と砂糖とナッツ……ドライフルーツはないですか？　干し葡萄はありますよね？」

プレーンとナッツドライフルーツを混ぜたクッキー、数種類作りたかった。今朝のパンの中に干し葡萄を見たからあるはず。

作業台に打ち粉をふるってから、固いままのバターを置いた。スケッパーでバターを切りたいけど、ないのはわかっている。ナイフで切りながら小麦粉と混ぜた。卵黄や砂糖も入れて、耳たぶの固さになるまで捏ねる。

ひとりでも多くの人に味見してほしいから多めに作った。……あれ、料理長や副料理長にもレクチャーしながら作らせたら多すぎじゃね？　……ま、余ったら明日は生クリームとプリンを挟んだクッキーケーキでも、クッキー生地のタルトでも作ったらいいか。

「耳たぶの固さになるまで捏ねるんです。柔らかくなりすぎたら小麦粉を足したり、固いと思ったらバターを混ぜたり……これくらいかな」

生地をラップ代わりの清潔な布に包んで蓋のある陶器に入れ、冷蔵庫に似た魔導具に保管した。

二種類目は砕いた胡桃と干し葡萄を混ぜて。

三種類目はマカデミアナッツを混ぜて長方形にする。

一度に三種も作る理由はあれだよ。クッキーはバタークッキーだけ、クッキーは胡桃だけ、っていう固定観念を持ってほしくない。初めて、って重要だと思う。

「一〇分以上……んん、一時間ぐらい休ませます」

カフェで作っていたクッキーは粉砂糖やバニラシュガーを使っていたけど、ココアとプレーンの二色クッキーは一〇分、生のアーモンドホールを加えたアーモンドクッキーは一時間。生クリームも混ぜこんだ絞りだしクッキーは休ませずに焼いた。

バターを多く使ったし、型抜きがないから、きっちり冷やしたほうがいいんじゃね？

「休ませるという意味がわかりません」

料理長に神妙な顔つきで聞かれて、俺は冷蔵庫に似た魔導具を指しながら答えた。

「一時間ぐらい放置」

「何故、とお聞きしてもよろしいでしょうか？」

その理由は俺もよくわからない。ただ、休ませた焼き菓子と休ませなかった焼き菓子の味は違った。俺の舌が覚えている。

「すぐに焼くより、一時間ぐらい放置してから焼いたほうが美味い」

俺が知っていることだけ告げると、料理長は申し訳なさそうに頭を下げた。

「失礼な質問に答えてくださり、ありがとうございました」

それ、嫌いじゃないよ。

「失礼じゃありません。俺も初めて作るときは不思議でした」

「ほう」

「クッキーも自由自在です。使う材料によって休ませないほうが美味しいクッキーがあります。チーズ味のクッキーも紅茶味のクッキーもあるから、今日のクッキーがすべてだと思わないでください……」

クッキーについて熱く語っていたら、若い料理人がボウルに入れた卵白を捨てようとしている。

「……って、卵白は捨てるなーっ」

俺が金切り声を上げると、若い料理人はびっくりしたように止まった。

「卵白をどうするのですか？」

「卵白だけでもスイーツになる」

クッキー生地には卵黄だけ使ったから、卵の分だけ卵白がきっちり残っている。俺的にはスイーツの材料だけど、若い料理人は口をポカンと開けて固まった。……や、ひとりだけじゃない。料理長や副料理長から見習いの料理人まで。

「いくら聖母様でも難しいのではないですか？」

デザート担当だという副料理長が躊躇《ためら》いがちに口を挟んだ。

「俺は聖母様じゃないけれど、卵白でスイーツを作ります。泡立て器と砂糖を用意してください」

英語の『トイレはどこですか？』は覚えてもすぐ忘れたけど、卵白一個分につき八〇グラムだったことは覚えている。卵のサイズは無視。

棚二段に並んだ砂糖壺を目で追えば、白砂糖に赤砂糖に黒砂糖に粉砂糖、大神殿長の飲み物に使用されるだけあって揃っている。グラニュー糖がないから粉砂糖を選び、卵白の数の分だけ陶器のボウルに入れた。

卵白に粉砂糖を一気に入れたらアウト。

まず、木のボウルで卵白と大さじ一で泡立てる。

白い泡が立ってきたら、残り半分の砂糖を入れて泡立てる。

ツノが立つぐらい泡立てたら、残り半分の砂糖を入れて泡立てる。泡立て器はボタンを押せば自動で動いてくれるから楽だ。

「そろそろかな？」

「そろそろかな？」

木のボウルを逆さにしても落ちないぐらい泡立てた。

料理長は未知との遭遇《そうぐう》に直面したように、泡立てた卵白を見つめている。デザート担当の副料理長は足をガクガクさせながら言った。

「……ら、ら、卵白がまさかそのように変化するとは思いませんでした」

便利な泡立て器があるのに、卵白を泡立てる発想がなかったらしい。イケメン国王や大神殿長の表情は変わらないけれど、驚いているように見えた。側近たちは盛大にびっくりしている。イザークの耳と尻尾の振り方がすごくね？

「メレンゲです」

「メレンゲという魔術ではないのですね？」

副料理長に確かめるように聞かれ、俺は大きく頷いた。

「違います。誰でもできるメレンゲです。ケーキもメレンゲを使って膨らますから覚えておいてください。オムレツも卵白を泡立てたら美味しいふわふわのスフレオムレツになります」

今日のメレンゲクッキーが成功したら、明日は紅茶のシフォンケーキ。レオンハルト様なら生クリームでデコレートしたスポンジケーキがいいかな？　のぅぅぅ、こうやって別のことを考えるからよく失敗したんだ。もう二度と床にメレンゲは御馳走《ちそう》しない。顔にメレンゲをつけない。

「絞り袋に入れて絞りだす……あ、口金《くちがね》がない……スプーンで」

ポトリ、ポトリ、ポトリ、とスプーンで鉄板にメレンゲを丸くなるように落としていく。忘れるな、間隔もきっちり開けること。

メレンゲクッキーは休ませずにすぐに焼いてしまう。

「一〇〇度のオーブンで二時間ぐらい焼くんだけど、温度調節できる魔導具はないですか？」

俺の質問に答えてくれたのは、フリーズ中の料理長ではなく副料理長だ。

「意味がわかりかねます」

「じんわりじわじわ、乾燥するまで焼きます」

「小さな火で焼くのですか？」

「そういうことです。弱火でちょっとずつちょっとずつ」

「小さな火ならこちらの魔導具です。いつも大きな火で焼いているから滅多に使いません」

食材を黒く固くするのはいつも強火で焼いているからじゃね？　強火で一気に焼き上げるのはパラパラチャーハンぐらいだって聞いた。厨房で料理人と接すれば接するほど、華麗なる王宮の食卓に並ぶメシまずの理由がわかる。

弱火でじわじわとメレンゲを焼きだした後、俺は主食問題に着手する。これ以上、一食たりともあのパンを齧りたくない。……や、パンは葡萄酵母を仕込んで成功させてからだ。パンの代わりに主食になりそうなもの。小麦粉で作れるもの。今の時点で蕎麦とラーメンは無理だと思う。パスタか、うどんか？　二者択一でうどんを選んだ。

「粉物ばかりですが、うどん……」

うどんで決まっていた胃袋が重曹の存在でピザに傾いた。ピザ釜らしき釜もある。うどんだったら時間がかかるけど、ピザならそこまで時間はかからない。イケメン国王や大神殿長の存在に若い料理人が耐えられるうちに作って、さっさと試食させて追いだそう。

俺はイーストを使ったもちもちのピザ生地より、ベーキングパウダーで焼いた生地のほうが好みだ。重曹でパリパリに焼いたクリスピーの生地はさらに好き。

俺用なら重曹だけでパリパリのクリスピーだけど、家族や親戚には不評だった。祖父母はもちもちふっくら生地が好きで、伯父や叔母の家族はベーキングパウダーを使った生地が好きだった。

「コーンスターチはありますか？」

ベーキングパウダーは重曹とコーンスターチだ。重曹だけでは苦い。

「コーンスターチとは？」

「トウモロコシの粉です」

「出入りの商人が運んできましたが、使う料理が見当たらず、倉庫に保管しています」

「使います」

王宮御用達の商人は各国で飲食物や織物、薬草や革製品など、新しいものや珍しいものを発見すると王宮に搬入するという。列強に対抗するため、イケメン国王が命令したらしい。ボソボソボソっ、と説明してくれた。

イケメン国王は若いだけに頭の固い老害脳じゃない。

ただ新しいものが活用されているとは限らないんじゃね、という突っ込みは心の底に沈めた。

「じゃ、メインにも主食にもなるピザを作りましょう。クレープ同様、スイーツ系も食事系にもなります。具材も自由自在だけど、今日は食事系でトマトソースとホワイトソースの二種類」

大きなボウルに小麦粉を入れる。強力粉と薄力粉だ。塩と砂糖、重曹とコーンスターチ、ぬるま湯にオリーブオイルを注いで、ひとつの塊になるように混ぜる。

「クッキーに続いて捏ねています」

これぐらいいじゃね？

ひとかたまりのピザ生地を清潔な布にくるみ、密封できる陶器に入れた。日当たりのいい窓辺において寝かせる。

さらにピザ生地を作る。実演するだけじゃなくて、料理長と副料理長にも途中から作らせた。ふたりとも手際がいいから感心する。

ピザ生地もたくさん作ったから余るんじゃね？　余ったらカルツォーネにして明日にでも食べればいいか、と俺は大量のピザ生地について考えた。

「生地を乾燥させないように休ませます」

「先ほどのクッキーのように魔導具ではなくていいのですか？」

「いい質問です。このピザ生地は温かいところがいいです」

ピザ生地を休ませている間に、手早くトマトソースとホワイトソースを作る。

推《お》しはシンプルなマルゲリータピザだけどバジルはない。料理長も副料理長もハーブの存在自体知らなかったんだ。

けど、チーズはフレッシュから白カビに青カビ、ウォッシュやらシェーブルやらハードまでなんでも揃っている。チーズの名前を聞いたけど、長すぎて覚えられない。名前は違うけど、たぶん、モッツァレラチーズ・ゴルゴンゾーラ・パルミジャーノ・ゴーダチーズもある。四種類のチーズ、クアトロフォルマッジに蜂蜜で決まりでしょ。チーズ好きの先輩シェフとオーナーはいつでもクアトロフォルマッジ。

蜂蜜壺の棚には馴染みの深いアカシア花はちみつからタイムの蜂蜜やセージの蜂蜜、オークの樹液から採取した蜜まであって、海外の蜂蜜専門店レベル。

先輩シェフはオレンジ蜂蜜をかけて食べるのが好きで、オーナーは栗《くり》の蜂蜜をかけて食べるのが好きだった。

卵を使ったピザも作りたいけど、アスパラガスが見当たらないからビスマルクは無理かな？……や、アスパラガスの代わりにブロッコリーで、ベーコンとモッツァレラチーズと半熟卵でビスマルクもどきになる。ピザを考えていたら俺の銚子魂がうねる。

「料理長、王宮は意外に海に近いですよね？」

「はい。港も近いです」

国随一の港だと、説明されなくてもわかる。

「王宮には新鮮な魚がたくさん運ばれてきますよね？」

「漁があった日は新鮮な魚介類が運ばれてまいります」

「しらすありますよね？」

「しらす？　しらすという魔導具ですかな？」

しらすについて話し合っていると、漁師の息子だという若い料理人が横から静かにしらすを出した。

「あった。これだ。しらすのピザも激推し」

グッジョブ、漁師の息子。無口で無愛想でもノープロブレム。

「しらす？　これは……」

呼び方は違うらしいが、長すぎて俺は覚えられなかった。それでも発音しようとしたんだ。けど、舌を噛んだ。

「……痛」

一瞬の間。

料理長は胸に手を当てて、厳かに言った。

「ターミ様、聖母様のご神託《しんたく》に従い、これからしらすと呼びましょう」

俺にあわせて長ったらしい名前の稚魚をしらす呼びしてくれるらしい。聖母様とやらへの尊敬がこめられているだけに複雑。けど、ピザ生地はいい塩梅。

ここからはスピード勝負だ。ピザ生地はできたらすぐに仕上げてピザ釜で焼いたほうがいい。

「まず、魚介類のトマトソース、鶏肉ときのこのホワイトソース、しらすピザ、一気に焼きます。熱々のうちに試食してほしいので、ナイフとフォーク、取り皿、準備してください。焼き係、カット係、試食として運ぶ係も必要です」

俺はピザ釜に三種類のピザを入れ、料理長に指示を飛ばした。

一度確認してもう少し。

二度目の確認でＯＫ。

大皿に魚介類のトマトソースのピザと鶏肉のホワイトソースのピザ、しらすピザを載せる。そうして、気合いを入れてからカッティング。

一ピース、手で摘まむとチーズがとろり。

勢いよく大きな口を開けて味見。

「熱いっ」

舌を焼いた。

けど、美味い。

オリーブオイルをかけてまた味見。

至上最高のピザじゃね？

指示する前に、ちゃんとカット担当者はほかのピザをカッティングしている。……ん、カットだけなら俺より上手い。やるじゃん、猟師の息子だっていう若い料理人。

「俺は殿下や陛下に試食してもらう。そっちはそっちで試食してください。ピザは熱々で食べるのが美味い。焼き係、次のピザも焼いてください。すぐに焼いてすぐに食うのが一番美味い」

要領を得ない指示にも、王宮の料理人たちは迅速に的確に動いてくれる。みんな、優秀だ。それだけ優秀なのにメシまずなのは根本的な何かが違うだけ。

俺はピザ三種を載せた皿をレオンハルト王子に差しだした。

「レオンハルト様、熱いから気をつけてください。ピザはふうふうして冷まして食べるより熱々を食べるほうが美味いです……や、火傷するか……ふうふうします」

子供だったらマヨコーンやツナコーン？　獣人の血を引いていたら幼児でも大人の味覚に近いって聞いたけど大丈夫かな？　俺は今さらながら焦ったけど、第四王子は頬を真っ赤にしてあむあむ。侍従長たちは胸の前で手を組んでいる。

「おいちい」

天使の笑顔にほっとする。

「よかった。いっぱい食べてください。ほかの種類も焼くからね」

イケメン国王から無言の圧力を感じて、第四王子の侍従長にピザを載せた皿を託す。俺は身体の向きを変え、恭しくオリーブオイルと一緒に皿に載せた三種類のピザを差しだした。

「陛下、ピザのご試食をいかがですか？　オリーブオイルをかけるとまた違います」

イケメン国王は無言で頷くと、トマトソースのピザを口にする。俺と同じように手で食べても、なんか違うな？　スマート？　王者の風格？　そこは尊敬するけど、そんな暇はない。大神殿長からも麗しい圧力を感じたんだ。

それ、それなー、傾国《けいこく》の美女っていうルックスだけど、イケメン国王や筋骨隆々《りゅうりゅう》の護衛兵より圧力がすごくね？　食べる気まんまん？　俺は若干引きつつ、夢みたいに美麗な第二王子に視線を流した。

「大神殿長、いかがですか？」

俺がピザを載せた皿を差しだすと、麗しすぎる大神殿長は超絶綺麗な笑顔を浮かべた。白い指でピザを摘まんで口に運んだ瞬間、周囲がざわめいた。

「大神殿長が固形物を召し上がられるのは久しぶりだ」

「成人してから固形物はすべて拒否されていたのに」

俺はカッティングしたピザの前でスタンバっている料理長たちに気づいた。さっき、試食しろって言ったのにまだ食べていない？　……あ、イケメン国王や王子の試食を待っていたのかな？

　思い当たって、大声を張り上げた。

「みなさん、冷めたピザは不味いです。熱々のうちに食べてください。火傷《やけど》しないように気をつけて」

　俺のかけ声で料理長や料理人、侍従たちが焼き上がったばかりのピザに手を伸ばした。熱い、って慌てながら咀嚼《そしやく》する。

「……う、美味いーっ。なんだ、この美味さは？」

「媚《び》薬《やく》入りだろう？　媚薬入りでなければこの美味さは表現できぬ」

「美味すぎる。もっと食べたい。止まらない」

「この世にこんな美味い食べ物があったのか」

「おい、そっちの赤いの、俺にも食わせてくれ」

「赤いのはトマトだ。トマトがこんなソースになると知らなかった」

　俺は焼き係担当と交代でどんどんピザを焼いて、カッティングしていった。ピザ釜はすぐに焼けるから便利なんだよ。

　あれ？　さっきまで厨房にあんな冷たそうな文官や怖そうな警備兵たちはいたか？　厨房のメンバーが増えている？　ピザ生地が余ると思っていたけど足りるか？　これ、さっさとビスマルクやクアトロフォルマッジを焼いたほうがいいんじゃね？　……あ、出入口から美人集団……女官たちが入ってきた。

焼き係担当の料理人が「匂いにつられて集まってきた」ってポツリと零す。

そういうことか。

イケメン国王と大神殿長がピザを食べ終えた頃を見計らって、ビスマルクとクアトロフォルマッジを焼いた。

カッティングしてから、クアトロフォルマッジにクローバー蜂蜜をかける。

「マジ飛ぶ。自分でいうのもなんだけど超絶ヤバい」

試食するたび、素材のよさを痛感する。

異世界に飛んだからって俺のテクはアップしていない。素材が違うんだ。それだけ。

俺は貴人用にピザを皿に盛り、いそいそとレオンハルト様のそばに近寄った。侍従長たちにかしづかれ、第四王子は口の周りを白い布で拭かれている。

「ターミ、おいちい。おいちいよ。おいちい」

第四王子の弾けるような笑顔に俺の胸がきゅん。

「レオンハルト様、よかった。まだ食べられますか？」

「もっと」

きゃはっ、と第四王子が手を上げたから俺はピザの皿を差しだした。

「よかった。半熟卵のピザと蜂蜜をかけたピザ、どっちから先に食べますか？」

「蜂蜜」

第四王子の口にクアトロフォルマッジを差しだすと、元気よくかじった。すごい真剣な顔であむあむあむ。

俺はイケメン国王用と大神殿長用の皿を背後にいた料理長に渡そうとした。あむあむの後にすぐ大きな口を開ける無邪気な王子の相手をしたい。

けど、ゾンビ顔で首を振られる。

俺がやるしかないのか、と俺は観念して第四王子用のピザを載せた皿を控えている侍従長に渡した。そうして、イケメン国王に向き合った。献上するようにピザを載せた皿を差しだす。

「国王陛下、半熟卵のピザと蜂蜜をかけた四種類のチーズのピザです」

イケメン国王は王者っぽく頷くと、傍らの侍従長が半熟卵のピザにオリーブオイルをかけた。どうも、イケメン国王はオリーブオイルをかけて食べるほうが好みだ。

ピザの感想は聞くまでもない。顰めっ面でおかわりだもんな。

周囲の誰もが驚いているけど、大神殿長のピザの皿も空っぽになっていた。小食の第二王子とは思えない食欲だ。

「大神殿長、お召し上がりになりますか？」

俺がビスマルクとクアトロフォルマッジを載せた皿を差しだすと、大神殿長はセクシーダイナマイトも霞む色気を発散させた。

マジやばい。男だとわかっているけど、そのセクシーはヤバすぎる。

「ターミ様、いただきます」

大神殿長は色気だだ漏れで言うと、白い指で上品にピザを摘まんだ。あっというまに平らげて、イケメン国王同様、おかわり。

今の大神殿長を見る限り、小食とは思えない。やっぱりメシまずだから酒やコーヒーを飲んでいたんじゃね？

レオンハルト様も侍従長たちが泣いて喜ぶぐらい食べている。

俺はピザを焼き続け、カッティングし続けた。忙しさに焼き担当やカッティング担当の目の色が変わっている。

「厨房のみんなに試食してほしい。護衛さんも任務中だけど、酒じゃないからいいんじゃないですか？」

俺がクアトロフォルマッジに蜂蜜をかけながら言うと、料理長は安心したように息を吐いた。

「ありがとうございます。みな、喜びます」

「……でさ、普段から厨房の前の廊下にあんなに護衛が並んでいるのか？」

俺が耳元でこっそり聞くと、料理長は声を潜めて答えた。

「陛下や殿下の食事を作っていますから、常時護衛兵は最低でも四人はいます。でも昨日も今日も特別です」

想定内の答えだったけど、俺の顔は自然に歪んだ。

「うわ」

「扉を開放したままですし、匂いが漏れているから気の毒に」

厨房を見渡せば、さらに女官や文官たちが増えていた。さりげなく入ってきて要領よくピザを食べている。

「国王陛下ご乱心につき合わされた護衛……じゃない、外の護衛にも試食してもらおう。多めに作っているから」

俺が蜂蜜をかけたクアトロフォルマッジを差すと、料理長はしみじみと言った。

「助かります。あとで乗りこまれることを覚悟していましたから」

「乗りこまれる？」

「昨日、クレープとオムレツの噂を聞きつけた騎士団員や文官たちが押しかけて大変でした。私の料理では聖母様の味には遠く及びませんが」

料理長の顔色を見るだけでどんなに大変だったのかわかる。傍らの若い料理人は思いだしただけで鼻を啜った。

「だからさ、聖母様じゃないよ」

「ターミ様は確かに聖母様に見えませんが、聖母様としか思えないのです。今日でさらに痛感しました」

料理長が感情たっぷりに言うと、周りで聞き耳を立てながらピザを食べていた料理人たちがいっせいに頷いた。さりげなく混ざっていたフリートヘルム九世や大神殿長の若い侍従まで。

「わけがわからない」

ピザ生地を多めに作ったけど、いつの間にか厨房に人が増えて足りない。厨房の端でイケメン騎士が残り一ピースのピザを巡って睨み合っている。若い料理人に縋るような目を向けられるけど、国のツートップの前でピザを巡る大乱闘はないよな？

正直、今からピザ生地をこねるのは面倒だ。これからいくらでも料理長たちに作ってもらえばいい。ピザの次はスイーツだ。

タイミングよく、メレンゲクッキーを焼いている魔導具からいい匂いが漂ってくる。

確認したけれど、もう少し焼いたほうがいい。

休ませていたクッキー生地を確認すればいい感じ。

ひとつひとつ形を作っていく余裕はないけど、目を輝かせている第四王子を見るとここで芽生えた兄心が疼く。子供の頃、叔母や従姉妹たちと一緒にクッキー生地で形を作ることが楽しかった。あれは俺が寂しくないようにわざわざ用意してくれたクッキー作りだったんだよな。菓子作りは俺の趣味になった。

「男の癖に」「気持ち悪い」って周囲の誰も引かなかったから俺の趣味に磨きがかかった。そのおかげで東京のカフェで調理のバイトにも採用されたんだ。

レオンハルト様は殿下だから立場的にアウトなんじゃね？　とりあえず、ちょっと待て。俺の芽生えた兄心のリセットも含め、ナッツのクッキー作業に取りかかった。

「一八〇度のオーブンで一五分……えっと、一八〇度の魔導具……とりあえず温めておいてください」

普段、パンを捏ねているというのし台に打ち粉を振る。

マカデミアナッツのクッキー生地は長方形で固めている。ナイフで均等にカットして鉄板に並べた。長方形のクッキーだ。

胡桃と干し葡萄のクッキー生地は細長く丸め直し、カットして鉄板に並べる。丸型のクッキーだ。

魔導具の容量もあるし、バタークッキーは形で少し遊んでみたいから先に焼く。副料理長に時間と魔導具のチェックを頼んだ。

……で、でさ、俺に芽生えた兄心は消えなかった。従姉妹が女の子ばっかりだったし、幼馴染みも女の子ばかりだったから、男兄弟がずっと欲しかったんだよ。兄は無理だとわかっているから弟。

「レオンハルト様、バタークッキーの形を一緒に作ってみる？」

俺は周囲の反応を横目で眺めながら第四王子に尋ねた。その瞬間、ぱっ、と表情が変わる。ケモ耳も尻尾もすごい。

「ターミ、一緒〜っ。僕も〜っ。僕も。ターミ、ターミ、ターミ」

身分的にアウトですか、と俺は心の中で保護者と名乗った国のツートップに視線で聞いた。

イケメン国王と大神殿長は許可するように頷く。ふたりとも態度には出さないけれど、ピザを堪能《たんのう》してご機嫌らしい。

第四王子の侍従長や侍従たちにも咎められずに感謝の目を向けられた。今にも拝《おが》まれそうで引く。

「レオンハルト殿下、聖母様に誘っていただいて光栄ですね」

侍従長や侍従たちは手早く第四王子の煌びやかな上着やベストを脱がせ、フリフリのブラウスの袖を折る。小さめのエプロンを器用に巻き付けた。小さな手を清潔な布で拭く。

「レオンハルト様、落ちないように気をつけてね」

華奢な四歳児は作業台より背が低い。木製の低めの荷物置きに立たせると、ちょうどいい具合になった。

のし台に打ち粉をふるって、クッキー生地を置く。

「レオンハルト様、お花」

俺がクッキー生地を花型にすると、第四王子は小さな手を叩いて笑った。本人も花型に挑戦する。スプーンやナイフを使っているけど、思うように生地を形成できないようだ。

「レオンハルト様、泥んこ遊びと一緒」

「泥んこ?」

「……あ、王子様は泥んこ遊びとかしないのか。粘土《ねんど》遊び?」

「粘土?」

「……あ、こういうのは?　まん丸満月のクッキー」

生地を丸めて掌で押したら平べったい丸形だ。第四王子も真剣な顔で真似て、小さな手で生地を丸めた。

「レオンハルト様、上手。上手ですよ。そのクッキーをこっちの鉄板に乗せてください」

作業台に載せた鉄板を差すと、第四王子は小さな手で置いた。

「はい」

「上手です。ばっちりですよ」

俺は第四王子を褒めつつ、クッキー生地をウサギ型にしようとして諦め、クマ型にしようとして諦め、星形にしようとして諦め、ハート型になった。

「ターミ、それは？」

第四王子に不思議そうな顔で聞かれ、俺は両手の指でハートを作った。

「ハート型です」

「ハートって？」

第四王子の質問を聞き、横目で周りの料理人や侍従長たちの反応を眺めた。

ロンベルクではハート型がないのか？

ハートの意味を説明しようとして、説明できないことに気づく。

バレンタインに飛び交うマーク、SNSのいいねマーク、カフェの常連だったキャバ嬢軍団がオヤジ客に営業で使っていたマーク……ぜんっぜん違う。純真な王子の前で真剣に悩んで、特別注文の生クリームのホールケーキに書いた『LOVE《ラブ》』っていう英単語を思いだした。俺が覚えている数少ない英単語だ。

「愛、っていう意味」

「愛って？」

「大好き、っていう意味です」

俺が絞りだした言葉で第四王子は理解したようだ。つぶらな目にキラキラ星が飛んだ。

「大好き？　ターミ、大好き。ターミ、ハート」

「ありがとうございます。俺も大好きです。このハート型のクッキーはレオンハルト様特別仕様です」

こんなことなら二色になるようにコーヒー味のクッキー生地も作ればよかった。

……あ、ナッツとドライフルーツもあれば楽しいんじゃね？

アーモンドにピーカンナッツにピスタチオに、と俺は皿に何種類ものナッツやドライフルーツを載せた。

そうして、ハート型に整えた生地にドライフルーツとアーモンドでレオンハルト様の頭文字。第四王子に捧げる特製ハート型クッキー。

「レオンハルト様、ナッツもドライフルーツもお好きに使ってください」

「うんっ」

「兄上たちに特別のクッキーを作ってさしあげましょうか？」

俺がこっそり提案すると、第四王子はコクリと頷いた。小さな手で必死になってハート形に生地を整え、真ん中にピーカンナッツを押しこんだ。

「フリートヘルム兄上」

幼い末弟にとって長兄はハート型にピーカンナッツらしい。

「兄上も喜ぶんじゃね……お喜びになるでしょう」

「バルドゥイーン兄上」

幼い末弟にとって次兄はハート型にドライチェリーらしい。

「日頃、飲み物だけで過ごす兄上もレオンハルト様お手製のクッキーならモグモグする……お喜びになるでしょう」

「ターミの」

第四王子は頬や額に生地を張りつけながら、俺用のクッキーを作ってくれた。ハート型のアーモンドクッキーだ

うおっ、マジ天使。天使過ぎる、って抱き上げようとして思い留まった。この手で抱き上げたらまずい。

「俺の分もありがとうございます」

「マルクスの」

第四王子は天使の笑顔で侍従長用のクッキーも作った。ハート型にピスタチオだ。マジ、背中に白い羽根が見える。見えないほうがおかしい。

「侍従長も喜ぶでしょう」

「ナターナエルの」

「桃色の髪の侍従ですね。喜ぶでしょう」

優しい第四王子は侍従たち全員のクッキーを作るつもりだ。

パネェ。触発されて、俺もイザークや侍従たちのクッキーを作った。それぞれの頭文字にナッツもドライフルーツも惜しげなく使う。

「形に正解はありません。好きな形を作って鉄板に乗せてください」

俺が指示を出すと、料理長から見習い料理人まで形を作りだした。はっきりいって、俺よりずっと器用だ。俺が断念したウサギ形やらクマ型やら星形やら。

あっという間にプレーン生地の形成が終了。

バターのいい匂いが漂う中、副料理長から声をかけられる。魔導具で焼いていたナッツのクッキーの焼き加減を確かめた。

「OKです。ケーキクーラーで冷ますだけ」

俺は焼き上がったクッキーが並ぶ鉄板を魔導具から出した。どれもいい感じに焼けている。

「聖母様、ケーキクーラーとは？」

「え～と、形をくずさないように冷ます」

「美味しそうですが、これで完成じゃないんですか？」

ピザの熱々、が脳内にインプットされているみたいだ。

「これもこれで美味しいかもしれないけど、クッキーは冷めてから食べましょう。食感を楽しんでほしい」

すべての鉄板を出した後、手で成形したバタークッキーを載せた鉄板を入れた。あとは焼き上がるのを待つだけ。

レオンハルト様が作った特製クッキーが綺麗に焼き上がるように。

つい、魔導具の前で両手を合わせて拝んでしまった。

「聖母様、やはりお祈りをされるのですか？」

副料理人に真顔で言われて、俺は焦りまくった。

「……聖母様じゃない。単なる手の体操」

俺は手をひらひらさせて誤魔化した。誤魔化すしかないっしょ。

「手の体操？」

「……メレンゲクッキーは？　そろそろじゃね？」

メレンゲクッキーも綺麗に焼き上がったから一安心。

あっという間に手で成形したバタークッキーも焼き上がり魔導具から無事に取りだした。

第四王子手製のクッキーも型崩れしていない。

「あとは冷ますだけ。コーヒーか紅茶、淹れてください」

ピザを食べた後だし、コーヒーを飲みながら焼き菓子を摘みたい。若い料理人がさっそくコーヒーと紅茶の準備を始めた。

「どれくらい冷ますのですか？」

副料理長に尋ねられて、俺は鉄板を眺めながら答えた。

「常温になるまで」

「私、貴族の父が女官に産ませた子です。父の血により、属性が氷です」

「……属性が氷っていう意味がわからない」

俺が首を傾げると、副料理長が真顔で答えた。

「魔力の属性が氷で、熱い湯も油も凍らせることができます。熱湯を常温にすることもできます」

魔力の属性には水・氷・火・土・風・光があると早口で教えてくれた。王侯貴族は最低でも属性が一種。強力な魔力を持つ宮廷貴族なら属性が二種から三種。フリートヘルム九世陛下は別格で属性が全種。

「パネェ。そんなことができるのか？」

「ターミ様のほうがすごいです。素晴しいです。私は足元にも及びません」

「じゃ、イケメン国王と麗しい大神殿長をさっさと追いだすために早く冷まして試食してもら……じゃなくて、お待ちいただいていることが苦しいから常温にしてくれ」

俺の口が盛大に滑ったけど、副料理長は大人の対応をしてくれた。きっと俺と同じ気持ちだ。わかっているよ、同志。

「畏《かしこ》まりました」

熱々のクッキーから一瞬で熱が取れた。

魔力ってパネェ。

俺は心の底から感心した。

けど、魔力持ちの料理人や侍従や警備兵たちは俺に感心している。大皿に盛ったクッキーを食べた途端、聖母様呼びを加速させた。クッキーに感動してくれたのはいいけど、初心者でも作りやすい定番の焼き菓子なのに。

「聖母様、このサクサクっサクサクっ……ナッツとサクサクが美味しいです」

「聖母様、このどっしり甘い……バターの風味が……どう表現すればいいのでしょう」

みんな、大きな皿に盛ったマカデミアナッツのクッキーと胡桃と干し葡萄のクッキーに大興奮。さらにメレンゲクッキーは食べた途端、固まった。その後、奇跡だと大騒ぎ。

「聖母様だからこそ、生みだせた奇跡だ。捨てるしかないと思っていた卵白がどうしてこんな……表現できない食感だ。聖なる力によるものでしょう」

大皿に盛ったクッキーも瞬く間に消えていく。

イケメン国王や麗しすぎる大神殿長も顔には出さないけれど、クッキーを気に入ったようだ。イケメン国王はマカデミアナッツのクッキーがお好みで、大神殿長はメレンゲクッキーがお好きらしい。

「レオンハルト様、そろそろ兄上たちにプレゼントしますか？」

「うんっ」

第四王子はクッキーの試食をした後、俺と一緒に国のツートップの前に進んだ。俺が特製クッキーを載せた小皿を二枚、持って続く。副料理長の助言があり、紋章入りの小皿だ。

「国王陛下、レオンハルト様が陛下のために作ったスペシャル大好きクッキーです」

俺が特製クッキーの小皿を差しだすと、イケメン国王の切れ長の目が少し揺れた。周りの侍従たちは感動したように微笑んでいる。

第四王子は恥ずかしそうに歳の離れた長兄に言った。

「フリートヘルム兄上、どうぞ」

イケメン国王は何も言わず、くしゃ、と小さな末弟の頭を撫でた。

……うわ、あんなに照れくさそうに口元を緩めるの初めて見た。

叔母ちゃんや従姉妹たちだったら絶対に『胸きゅん』って騒いでいるシーン、ってイケメン国王で止まっている場合じゃない。次だ次。

「大神殿長、レオンハルト様が大神殿長のために作ったスペシャル大好きクッキーです」

俺が特製クッキーを盛った小皿を差しだすと、麗しすぎる大神殿長のセクシーレベルがさらにアップ。

「バルドゥイーン兄上、どうぞ」

「レオンハルト、ありがとう。嬉しく思います」

大神殿長は優しく微笑んでレオンハルト様をハグ。

リアル聖母マリアと天使のシーン。

若い警備兵や料理人、文官たちはぼ～っと見惚れている。女官たちは控えめだけど黄色い悲鳴を上げた。

国のツートップがどれだけモテるか、確かめる気にもなれない。次だ次。

「侍従長、レオンハルト様が侍従長のために作ったスペシャル大好きクッキーです」

俺が特製クッキーを盛った小皿を差しだすと、第四王子の侍従長は石化した。こら、メデューサじゃないよ。

「マルクス、どうぞ」

主人の声で侍従長は正気に戻った。……のぉぉぉ、壊れた。

「……で、で、殿下、う、う、う、う、うぉーっ、うぉーん」

泣くと思っていたけど、仮にも侍従長だからそこまで派手に泣くと思わなかった。赤ちゃん泣き？　野獣みたいに泣いて……あ、獣人の血が流れているから？　ケモ耳と尻尾の振り方が半端ない。

ほかの侍従たちもみんな決められたみたいに野獣泣きだ。獣人の血が流れていない金髪碧眼のイケメンも床に跪いて野獣泣き。

レオンハルト様の側近はみんな涙もろいのか？　これ、泣きやみそうにない？　レオンハルト様に対処してもらおう。

俺は自分の侍従たちへ感謝のクッキータイムだ。

「イザーク、俺がイザークのために作ったスペシャルだ。世話をしてくれてありがとう」

俺が頭文字入りクッキーを載せた小皿を差しだすと、イザークは仁王立ちで硬直した。

三秒後、イザークの目に涙が溢れた。ぶわっ、と。

「……タ、ターミ様、うおーっ、うぉーっ、うぉーん、光栄ですーっ、うぉーっ、うぉーん」

どうして、こんなことぐらいで泣く？

俺が特製クッキーを作って渡したら、気持ち悪い、って引かれるヤツじゃね？

……ま、引かれるとは思わなかったけど、そんなに感激されるとも思わなかった。

結局、第四王子の侍従と俺の侍従たちは全員、スペシャルクッキーで野獣泣きした。どうして、こんなことぐらいで感激して大泣きする？

なんで、聖母様を称える歌を歌う？

俺は逃げたいけれど逃げられない。

イケメン国王が夕食にピザとクッキーをオーダーしたから、よほど気に入ったんだろう。

俺も楽しみだ。

けど、一抹の懸念。

目分量で作らないでほしい。

「料理長、ピザ生地やクッキー生地の分量、ちゃんと量ってくださいよ」

俺がピザやクッキーの基本レシピを言うと、料理長は頭で覚えようとしたけど、副料理長は羊皮紙に書きとめた。

結果、夕食のピザとクッキーに俺は及第点を出した。

6　唐揚げもフライドポテトもマヨネーズもアイスクリームも媚薬じゃないです。

翌朝、俺が料理長にオーダーした通り、生の果物とクッキーが並んだ。果物を生で食べるのは平民の食べ方だって聞いたからびっくりした。イザークは俺が生の洋梨や柿を食べたら顰めっ面。

「イザーク、洋梨も柿もめっちゃ美味い」

タルトやパイに使っても美味しいけど、この瑞々しさと甘さは生で食べるのがベスト。半分凍らせて食べるのも美味いはず。

「ターミ様、平民の食べ方です」

「俺は平民だ」

「フリートヘルム九世陛下の弟君としてのご身分を授けられました。ターミ様は大公です」

ロンベルク王家に誕生した後継者以外の王子は全員、大公と呼ばれるらしい。第二王子も第三王子も第四王子も生まれながらの大公だ。

「それ、それなー、やめてくれ……って、葡萄もむっちゃ美味い。こんな葡萄、今まで食べたことがない」

　赤い葡萄は濃厚で白い葡萄はすっきり甘い。手が止まらなくてあっという間に食べ終えてしまった。リピ決定。

「葡萄なら今朝、葡萄園で収穫された赤葡萄や白葡萄ではございませんか？」

「葡萄園？　近いのか？」

「王宮に葡萄園がございます。七代前の王妃様が葡萄園を庭園の一角に作らせました。葡萄汁がお好きだったとお聞きしています」

　葡萄汁って葡萄ジュースのこと。レオンハルト様も好きで夕食の時に飲んでいた。

「もぎたて葡萄が美味いのは当たり前……あ、無農薬じゃね？　農薬を使っているのか？」

　有機野菜や果物の美味しさはよく知っている。そりゃ、見目はよくないけど味はレベチ。ただ、無農薬は難しい、って銚子の農園のおばちゃんが言っていた。油断しなくてもやられるみたいだ。

「農薬とはどういうものですか？」

「害虫駆除はどうしているんだ？」

「……あぁ、魔導具を使用しています」

「……魔導具？　そんな魔導具もあるんだ」

俺は便利な魔導具に感心しながら、料理長のプライドがこめられたクッキーを食べた。ナッツのクッキーもメレンゲクッキーも及第点。

「さすが、料理長、美味い」

俺がプロ魂を褒めると、イザークは意味深に口元を歪めた。

「昨日も厨房は大変だったそうです。ピザとクッキーの噂を聞きつけて、王宮省からも文官省からも魔術省からも外交省からも王立騎士団からも押しかけてきて……一口でいいから食べさせろ、って騎士団員は剣を抜いたそうです」

「剣を抜かれてどうしたんだ？」

「副料理長が肉を捌《さば》くナイフで対処したそうです」

イザークは苦笑を漏らしたけど、副料理長はほっそりとした優男だからびっくりした。どこからどう見ても武闘派には見えない。

「……うわ」

おかわりの紅茶を飲んだ後、イザークが選んだ本日のお召し物に着替える。ラデュレ・グリーンみたいにパステル系の黄緑色と金の宮廷服だ。パステル系が映える、ってイザークは誉め称えてくれるけどさ。

のぉぉぉぉぉぉぉ、って姿見から目を背けていると、亜麻色の髪の侍従が本日の贈り物を運んできた。ブルートパーズのブローチやら、イエローダイヤモンドのカフスボタンやら、イエローダイヤモンドが縫い込まれたスカーフやら、イケメン国王や大神殿長や宰相から連日の高価な贈り物だ。魔術省長官や文官省長官や王宮省長官や外交省長官、あちこちの領主からも宝石や芸術品が届いている。侍従たちは興奮しているが、俺はマジに引く。

「ターミ様、本日はいかが過ごされますか？　レオンハルト殿下から面会が申し込まれています」

王族は家族であっても事前の面会申しこみがなければ基本会えないという。王宮のしきたりはいろいろ煩《うるさ》いらしい。

「今日はうどんと思っていたけど、フライドポテトと唐揚げが食べたい。レオンハルト様にも食べさせたいな」

昨日まで胃袋はうどんだったのに、朝食後の胃袋は揚げ物を求めている。理由はわからないけど、こってり系が食いたい。それも生クリームやバターのこってりじゃないヤツ。魚の唐揚げも食べたい。パリパリに揚げた骨も食べたい。刺身にできる魚を唐揚げにするなんて最高の贅沢だ。

「今日も厨房に向かわれますか？」

俺の返答次第でイザークは侍従長として厨房に連絡を入れる。それも王宮のしきたりだ。

「レオンハルト様と一緒なら、イケメン国王と麗しすぎる大神殿長がもれなくついてくるのか？」

「……私にはお答えしかねます。ただ、本日、陛下と大神殿長から面会の申しこみはございません」

「昨日も一昨日も面会の申しこみあった？」

「ございません」

それ、それなー、国のツートップから面会の申しこみがなくても油断できない。

「イケメン国王と麗しすぎる大神殿長は連れて行きたくない。邪魔じゃね？　どうしたらいい？」

俺が小声でこっそり耳打ちすると、イザークは土気色の顔で首を振った。

「……私には答えられません」

「……ま、いくらなんでも連日ついてこないか。国のツートップは忙しいよな」

昨日、最後のクッキーがなくなる直前、緊急の連絡がイケメン国王と大神殿長に届き、バターと紅茶の匂いが充満した厨房から出ていった。一昨日の連絡内容と同じ、地方領主からの援助要請だ。ここ数年、魔獣が一気に増えて各地の被害が大きいらしい。厨房の料理人たちも怯《おび》えていた。

「魔獣の被害が甚大です。フリートヘルム九世陛下でなければ、救いを求めてくる領地を助けられなかったと思います」

イザークは国のために尽くす君主に心酔している。基本、料理長や副料理長たちも心から尊敬しているみたいだ。

「魔獣ってどんなヤツ？」

「過ぎ去りし日、私が魔獣に遭って助かったのは、火と光の属性を保持していたからです。属性が火だけでも、属性が光だけでも難しかったでしょう。ターミ様が本当に聖母でないならば気配を察したら即座に避難してください」

「わかった。すぐに逃げる」

俺が魔獣に背筋を凍らせていると、亜麻色の髪の侍従が来客を告げた。

「レオンハルト殿下がお見えです」

「よしっ」

居間から応接室に進むと、王家の紋章が刻まれたドアが開く。可愛い第四王子が侍従長たちを従えて入ってきた。

「ターミ、おはよう」

無邪気な笑顔を見た瞬間、俺は初孫と久しぶりに会うじいじになる。

「レオンハルト様、おはよう。今日も可愛いな」

俺が両手を伸ばせば、華奢な三歳児は飛びこんでくる。

「おいちい。おいちかったの」

「昨日のピザとクッキーが美味しかった？」

俺は高く抱き上げ、青い瞳を見つめながら聞いた。

「うん」

この笑顔、マジ天使過ぎる。昨日のピザとクッキーを覚えていてくれるなんてよほど美味かったんじゃね？　オムレツにクレープにピザにクッキーが好きなら、こってり系は大丈夫かな？

「今日、俺は唐揚げとフライドポテトが食べたい。レオンハルト様、揚げ物は嫌いかな？」

「ターミ、大好き。ターミの、おいちい。ターミ、おいちい」

揚げ物が通じたのか、通じなかったのかわからない。……ま、いいよな。子供ならフライドチキンとフライドポテトを用意していればいい、ってパートのベテラン主婦がパーティーメニューに悩む新妻に断言していた。

「レオンハルト様に美味しく食べてもらえるように頑張るぞ」

「僕も頑張る」

レオンハルト様も両手をぐーにして力んだから、今日も手伝う気まんまんだ。ピンッ、と立ったケモ耳も凛々《りり》しい。

「今日は油物だから油が飛んで危ない……あ、今日も兄上たちは一緒かな？」

「フリートヘルム兄上とバルドゥイーン兄上？　いつもお仕事」

「そうだよね。本当はいつもお仕事で忙しいよな？」

俺は第四王子から背後に控えている侍従長たちに尋ねた。

「マルクス、陛下たちはお仕事ですね？　まさか、今日も付き添われませんよね？」

マジ困るんだよ、あのデカいのとキラキラセクシー、と俺は心の中で訴えかけた。魔力持ちなら察してくれ。

「……私の口からは何も申し上げることができません」

第四王子の侍従長は苦しそうに言ってから深々と腰を折った。ほかの侍従たちも揃って頭を下げる。

「まさか、一昨日や昨日みたいにここから出たら、クソ忙しい国のツートップが待ち構えているのか？」

「ご容赦ください。私の口からは何も申せませぬ」

お察しください、という第四王子の侍従長の悲痛な叫びが聞こえたような気がした。ケモ耳がしゅんとしているから可哀相になってくる。

俺は第四王子の侍従長たちから自分の侍従長に視線を向けた。

「イザーク、ちょっと出て転移の間のほうまで行ってくれ。ツートップがいたらそのまま通り過ぎる。いなかったら戻ってきてくれ」

俺が言い終えるや否や、イザークのケモ耳もしゅんっとした。ふさふさ尻尾もふるふると震えている。まるで俺がいじめたみたいだ。

「ターミ様に忠誠を誓いましたが、不敬罪での火刑は望んでいません」

「火刑なんてあるのかよ」

俺が顔を引き攣らせると、イザークは縋るように第四王子に尋ねた。

「レオンハルト様、扉の向こう側に巨大な魔力を感じますか？」

イザークの指が差した先をレオンハルト王子はじ〜っと見つめた。ケモ耳が何か感じるようにピクピクピクッ、と動く。

「……おっきい。ある。フリートヘルム兄上みたいにおっきい。ぽこぽこ。ぽこぽこぽこ」

レオンハルト様が舌足らずの声で言うと、すべてのケモ耳がピンッ、と立った。一瞬で、金色のケモ耳や銀色のケモ耳、亜麻色のケモ耳、茶金色のケモ耳、桃色のケモ耳、どのケモ耳もいっせいにしょんぼりうなだれる。顔は取り繕えてもケモ耳は正直だ。

全ケモ耳が震えている……全員ビビっているんじゃね？　つまり、今日もスタンバイ？

「お聞きになられましたね。以上にございます」

イザークが嗄れた声で言った後、第四王子の侍従長が説明してくれた。

「ターミ様、レオンハルト様は母君から獣人国王の血を受け継いでおられます。魔力のみでしたら、第二王子や第三王子を凌駕《りょうが》されています。巨大な魔力の持ち主を遠方からでも察知できます」

「パネェ、マジ最強天使」

「陛下も大神殿長も聖母様による奇跡に立ち会いたいのかもしれません。連日、我々も感動に胸を打たれましたから」

イザークが感服したように言うと、ほかの侍従たちも同意するように頷いた。聖母様バンザイ、とどの尻尾も振られている。

「……料理長たちが気の毒なくらい緊張するからやりづらい。イザーク、庭から出よう。庭から出たら一番近い転移の間に連れていってくれ」

地図で見る以上に王宮は広いと聞いた。王宮がひとつの街みたいだ。転移の間も一カ所だけではなく、要所に設置されているそうだ。東京ドーム何個分になるかわからない庭園にも転移の間があるという。ただ、転移術を使える者は限られているから使用人たちは苦労しているらしい。

俺はイザークから腕の中の第四王子に視線を流して言った。

「レオンハルト様、天気もいいし、散歩しようか」

「うん、お散歩」

俺はレオンハルト様と手を繋いで、居住用のテラスから庭園に出た。散歩しているように見せかけて、転移の間がある東屋に向かう。俺が生まれ育った世界と同じように青い空に真っ白な雲が浮かんでいた。水の女神と天使の石像が刻まれた噴水を通り越しても、楡の木が続く小径を進んでも、目的の東屋は見えず、果てしなく庭園が続いている。ただ、景色が綺麗だし、気候もいいから苦にならない。

「うわ、花が綺麗だな」

花壇には色とりどりの花が咲き乱れている。

「ガーベラ」

第四王子は小さな手で花壇の花を指しながら言った。バイト先の隣のフラワーショップの常連客だったから、花の名前もある程度覚えている。

「俺の故郷でもガーベラって呼ばれている花だよ」

「サフラン月」

第四王子の小さな指は赤紫色の花弁の花を指す。

オレンジ色の花芯に赤いヒモみたいな何かがついている……じゃない出ている？　……柱頭っていうヤツかな？　サフラン月っていう花なんじゃね？

「サフラン月っていう花なんだね」

よく知っているな、いい子、と俺が第四王子を褒めるとイザークが慌てたようにフォロー。

「ターミ様、今月はサフラン月です」

「サフラン月？　それはどんな魔導具だ？」

「魔導具ではありません。月の名前です。花の名前を月につけたそうです。年初はスノードロップが美しいですからスノードロップ月、その次の月はフリージアが美しく咲くからフリージア月」

こちらの世界も太陽暦を使っているという。年始月がスノードロップ月。その後、フリージア月・ロベリア月・ホリホック月・ミルトニア月・アジサイ月・ブーゲンビリア月・ヒマワリ月・サフラン月・シクラメン月・ポインセチア月。

一年の終わりの月がポインセチア月っていう感覚は俺にもわかる。ポインセチアが出始めるとクリスマス商戦だ。バイト先のカフェでは泊まりこみでクリスマスケーキを焼いた。

「……え？　……ちょっと待て。サフラン月でサフランって、あのサフラン？　パエリアやブイヤベースに使うサフランじゃね？」

新鮮な魚介類を使ったパエリアやブイヤベースはめっちゃ美味いはず。サフランが高いからうちじゃ作らせてもらえなかったけど。

「パエリアやブイヤベースはどのような魔導具ですか？」

「魔導具じゃなくて美味いごはん。俺が知るサフランなら美味いメシが作れる」

「サフランは建国前より南方の領地で栽培されていたと聞いています。五代前の魔術省長官が特別に栽培し、薬や染料、香料に使用していると聞いています」

サフランが薬や染料や香料に使われているなら、俺の知るパエリアやブイヤベースのサフランだ。乾燥したサフラン一キロのために花が一六万個必要な極上贅沢品。

「五代前の魔術省長官、グッジョブ」

無意識のうちに、第四王子の手を繋いだまま足をバタバタさせていた。仕方ないじゃん。サフランなんだ。むっちゃ高いんだよ。あの今川焼を食べ損ねた春の日、俺がシーフードパエリアを諦めてシーフードカレーピラフを作った理由はサフランの値段だ。

「ターミ様、サフランをご希望ならば南方から取り寄せたほうがいいと思います。庭園の魔導具を使ったものより、南方で栽培されたサフランの質がいいそうです」

「その意味、なんとなくわかる……」

俺が大きく頷いた時、風がぶわ～っと吹いたらミントの香り。

「……え？　これ、ミント？　ペパーミントかな？」

ミントの香りがして左手を見れば、もうだいぶ終わりかけだけど、ミント類によく似た草花が生い茂っている。

俺は第四王子と手を繋いだまま屈んで、ペパーミントに見える青々とした草に鼻を近づけた。

くんくんくん。

犬になったつもりでもう一度くんくんくんくん。引かれても構わない。ミントか、ミントじゃないか、それが重要。

やっぱり、ペパーミントの匂いがする。葉の形も見て触って確かめてもペパーミントだ。淡い紫色の花はペニーロイヤルミントだし、青紫色の花はキャットミントで、ほんのりリンゴの香りがするのはアップルミントだ。

「さようでございます。魔術省が薬や魔導具のため、特別栽培しています。ペニーロイヤルミントは川や湖畔ではよく群生しています」

イザークにあっさり言い切られ、俺の目前にバニラアイスや苺アイスが浮かんだ。

「アイスだ。アイスにミント。副料理長に凍らせてもらってアイスだ。ペパーミントを摘んでいいかな？」

「王宮でターミ様がなさることに異議を唱える者はひとりもおりません」

イザークやほかの侍従たちの視線に後押しされ、俺は嬉々としてミントを摘みだした。レオンハルト様も小さな手で手伝ってくれる。マジ天使。

「レオンハルト様、お手伝いありがとうございます。美味しいアイスを作りますね」

「ターミ、アイス？」

「俺が大好きなスイーツです。暑い夏……じゃない。今は夏じゃないみたいだけど美味いですよ」

今はサフラン月だから一〇月で季節は秋みたいだ。暑くもなく寒くもなくちょうどいい気候。

俺は摘み取ったミントを亜麻色の髪の侍従に預けた。鮮度をキープできる魔導具を持参しているという。魔法の鞄ってマジ万能。イケメン国王たちも贈り物ならそういう便利なヤツをくれればいいのに。

「これだけミントがあるんならハーブもたくさんあるのかな？　バジルがあれば美味いピザやパンができる」

俺が興奮気味に尋ねると、イザークは頭を下げた。

「お恥ずかしい限りでございます。ハーブとバジルがわかりかねます」

「……あ、タイムの蜂蜜とかセージの蜂蜜とかあった。絶対にハーブがある」

「申し訳ございません。タイムの蜂蜜とセージの蜂蜜は知っていますが、ハーブは存じません」

「明日にでも明後日でもこういう草が生えているところに散歩したい」

「王宮の庭園には多くの草地がございます」

イザークにとってはハーブも芝生も同じっしょ？　興味ないよな？

「匂いがする草が生えているところ」

「時間をいただいてもよろしいでしょうか。王宮の庭師に確認します」

「任せた」

俺はイザークの肩を叩くと、第四王子と手を繋いで歩きだす。

赤い薔薇に白い薔薇に紫色の薔薇、見たことのない三色の薔薇や四色の薔薇まで咲いている薔薇園を横切った。つる薔薇のアーチを潜ると、転移の間がある東屋が見えてくる。ツタが絡まる女神像を過ぎ、瀟洒な東屋に近づいた瞬間、俺は第四王子を抱えて逃げたくなった。逃げたいけど逃げられない。

いるはずのない巨大な魔力持ちがぽこぽこぽこ。

「ターミ、幼き末弟が世話になる。我も付き添う」

イケメン国王が尊大な態度で言うと、麗しすぎる大神殿長がにっこりと続いた。

「ターミ様、末の弟がお世話になっております。どうか、私も付き添わせてください」

イケメン国王に歳を少しとらせたような紳士が宮廷式のお辞儀を俺に向かってした。絵になるけどムカつく。

「ターミ様、ご挨拶が遅れたことをお詫び申し上げます。幼きレオンハルトの叔父にあたるジークムント・アードルフ・フォン・デム・ロンベルクでございます。宰相を務めております。本日、甥《おい》たちに付き添わせていただきます」

昨日よりひとり増えている。それも宰相だ。青い髪と青い瞳が三人。国のツートップに実務的なトップまでってないわーっ。

「お忙しいと思います。レオンハルト様のことは心配なさらず、俺たちに任せてください」

失礼にならないように断わろうとしたけど無駄だ。俺が本当に聖母だったら拒んでいた、って喉まで出かかったけどすんでのところで呑みこんだ俺は偉いと思う。

転移の間から厨房まで鍛え抜かれた王立騎士団員が並んでいる。昨日より、警備人数が確実に増えた。昨日はもう少しひとりひとりの間隔が広かったはず。今日は剣がぶつかりあっていないか？　昨日より青い髪と瞳の魔王が……や、ＶＩＰがひとり増えたから護衛も増えたのか？

厨房では目の下のクマが著しく成長した料理長が迎えてくれた。

「ターミ様、今日もご指導くださること感謝します」

「料理長、昨夜のピザも今朝のクッキーも美味しかったです」

俺は心からの尊敬をこめたけど、料理長は複雑そうな顔で恐縮した。

「ターミ様のように仕上がらず面目ない」

「……廊下の警備、昨日より多いですよね？」

俺が小声で尋ねると、料理長は低い声で答えた。

「全員、ターミ様の試食目当てです。最果ての西国まで勇名を轟かせた王立騎士団では厨房警備の座を巡って大乱闘があったようです」

「そんなの、料理長ならすぐにマスターして作れるのに急がなくてもいいだろ」

「私ではターミ様の味に遠く及ばない。自分でもわかっています」

料理長と同じ気持ちらしく副料理長も無念そうに俯いた。俺は料理を作り始めた頃の出来を教えたくなる。国の主要三人がいなきゃ、話しながらジャガイモを剥いていた。まず、料理人たちの緊張の原因を追いだす。それからだ。スープやサラダのドレッシングについても話し合いたい。

「料理長、今日はフライドポテトと唐揚げを作ります。揚げ物料理です」

食材の保存庫に大量のジャガイモが常備されていることは確認済み。

「揚げ物料理はわかりますが、フライドポテトとは？」

「ジャガイモの揚げ物です。切って揚げるだけの簡単メニューですよ」

俺がフライドポテトの説明をしたら、料理長は血相を変えた。

「……あ、あのジャガイモを……あのジャガイモを切って揚げるのですか？」

「ジャガイモはそのまま茹でたり、そのまま焼いたりして食べるものですか？」

紅薔薇が描かれた優雅な皿に茹でたジャガイモが丸ごとゴロン。黄金の芸術品みたいな皿に焼いたジャガイモが丸ごとゴロン。どれも味付けはきつめの塩のみ。

昨日の夕食、料理長によるピザがメニューに組み込まれたからパンはなかったけど、焼かれたジャガイモが出た。ジャガイモにバターを乗せたら、レオンハルト様や給仕たちが驚いたんだ。ジャガイモには塩だけ、バターはパンに塗るものだって思いこんでいる。

「さようでございます。パンの代わりとしてジャガイモを食べることが多いです」

平民の主食はパンではなくジャガイモです、と副料理長が横から補足してくれた。パンよりジャガイモのほうが安いということだな。てことは、平民のほうが美味しいものを食べているんじゃね？

「ジャガイモはカットして揚げたら美味い。カットの仕方でも味が変わるから試してみよう」

「ご指導お願いいたします」

「ジャガイモの皮を剥いてください。どれくらいいるかな」

俺は大きな籠からジャガイモを作業台に載せた。どんな種類かわからないけれど、表皮に傷も変色もないし、手触りもいいし、実もまんべんなく堅いから品質はいい。ポテトサラダにしてもポテトのパンケーキにしてもアリゴにしても美味そう。

「騎士団員は警備にあたれば試食できると期待しています。文官や女官たちも乗りこんでくるでしょう」

料理長が悲愴《ひそうかん》感を漂わせて言うと、副料理長や若い料理人たちは低い悲鳴を漏らした。

「大量のジャガイモを剥いてください」

俺はアバウトな指示しか出せなかったけど、料理長はありったけのジャガイモを水場で洗わせた。連日の猛攻にだいぶ疲れ果てている。

　俺は手本としてジャガイモの芽を取り除き、皮を剥き、少し太めのスティック状に切った。ストレートカットというタイプを木のボウルに張った水に浸ける。ふたつめのジャガイモはさらに細くカットしたシューストリングを別の木のボウルに。皮付きのままくし形にカットしたナチュラルカットのタイプはまた別の木のボウルへ。

　カーリーカットや手割りも試したくなったけどまた今度。

「カットの仕方で味が変わります。ストレートカット、シューストリング、ナチュラルカット、今回は三種類です。三種、食べ比べしてほしいから同じ分量ずつぐらいにカットしてください」

　料理人たちがジャガイモの皮を剥き、それぞれのタイプにカットしている間、鶏肉や魚の下準備だ。

「ターミ様、鶏肉はこちらでいいですか？」

　若い料理人に首がついたままの鶏肉を差しだされて俺は引いた。

「……ひっ……鶏……？」

　クレープやピザで鶏肉を使ったけど、その時は俺が知る形態で出てきた。腰を抜かさなかった自分を自画自賛。

「はい。雌鳥です。雄鳥がいいんですか？」

「……き、切ってから……鶏の原型がわからないようにしてください。大きめのブツ切りにカットしてください」

　俺が目を合わさずに言うと、若い料理人は楽しそうに笑った。

「……聖母様とお呼びしたら怒りますけど、慈悲深い聖母様ですね。俺は子供の頃から鶏の首を絞めて羽根を毟《むし》っていましたよ。血抜きもしました」

　若い料理人と同じ気持ちらしく、ほかの料理人たちもいっせいに頷いた。愛くるしい第四王子も天使の笑顔を浮かべているし、侍従長は「美味しそうな鶏肉ですね」と話しかけている。きっと狩猟民族と農耕民族の差だ。

「単なる環境の違い。俺は農耕民族の末裔《まつえい》。先祖は漁師だからどんな魚でも貝でも平気で食える」

　魚介類ならなんでも食ってやる、と俺は仁王立ちで宣言した。去年の初夏、セレブ先輩の奢《おご》りで小海老《こえび》の踊り食いを食べることができたのは俺だけだ。

「何羽、必要ですか？」

「みんな、試食できるくらい」

「……みんな？　絶対に今日も頃合いを見計らって乗りこんできます。養鶏場に行って絞めてこないと足りない。きゅっ、と絞めてきます」

　若い料理人が厨房から飛びだそうとしたから、俺は慌てて止めた。

「待て待て待て待てっ。絞めなくてもいい。ここにあるだけ。骨付きも手羽も使うし、魚の唐揚げも作るからいい」

「絞めたてのほうが美味いですよ」

「俺のテクでカバーするから任せてくれ」

俺は額に滲みでた脂汗を拭いてから、唐揚げのタレ作りに入った。

ガーリック味もジンジャー味もマスタード味も味つけになかったけど、薬や魔導具に使用されていたから材料はある。食事以外でスパイスが揃っていたのは不思議だ。

塩・砂糖・ブラックペッパー・ホワイトペッパーに摺《す》り下ろしたジンジャーとガーリックに日本酒……はないから代用で白葡萄酒を少し。クセのない白葡萄酒は料理長に選んでもらった。鶏ガラスープがないのは悔しいけれど、今日の鶏肉の骨で作る予定。

「こんなもんかな？」

冷蔵庫代わりの魔導具にはカレイとヒラメが大量に保管されているという。俺はカレイとヒラメの下準備をした。それから、タレに漬ける。

鶏肉も俺がやっと知る形態になった。下準備をしてから部位毎にタレに漬ける。少なくとも三〇分以上、漬けこみたい。

鶏肉はここで漬けこみタイム。

ジャガイモは三種類均等の量にカットされ、水にさらされている。指示を出したらきっちりしてくれるからマジ優秀。

俺的にフライドポテトは塩だけ。ソースもいらないけど、ケチャップ党やマヨネーズ党やオーロラソース党は多い。唐揚げも俺的にはレモンを絞るだけ。ソースはいらないけど、ポン酢党やチリソース党やマヨネーズ党はいる。

「ここで用意できるソースはマスタードとマヨネーズくらい？」

俺は料理長に説明しながらマヨネーズを作った。こってりメニューを考慮して、スティックサラダも用意する。ガラスのグラスにスティック状にカットしたキュウリやニンジン、セロリを立てて入れたらびっくりしている。

「……飲み物を注ぐグラスに野菜を入れるとは夢にも思いませんでした。野菜をこんな形に切るとは斬新な……美しい。芸術です」

料理長はうっとり陶酔《とうすい》し、ほかの料理人たちは半開きの口のままで凝視している。副料理長は羊皮紙にペンを走らせた。

「野菜にマヨネーズをつけて食べると美味い。唐揚げやポテトにもつけて食べる人がいるよ」

「……ほぅ……マヨネーズ……まさか、オイルや卵黄や酢や塩でこのようなものになると思いませんでした」

大量のマヨネーズを作り、用意したガラスの器に入れる。青い髪の貴人には一人用の小さな器、侍従たちには中ぐらいの器を四皿、ほかの人には大きな器で三皿。マスタードも同じように用意する。レモンもカットしてグラスの器に盛った。

「レモンも切ったし、カット野菜とマヨネーズの準備もしたし、ジャガイモを揚げよう」

水にさらしていたジャガイモをザル代わりの籠に入れて水気を切る。作業台のうえに並べてキッチンペーパーの代わりの清潔な布で軽く叩くようにして優しく拭いた。

「油はね防止とカラッと揚げるには必要です」

俺が作業について説明したら、料理長の眉間の皺が深くなった。

「油ははねるものですし、カラッと揚げるという意味がわかりません」

「揚げたらわかります。食べたらわかります。やってください」

料理長や副料理長も俺を真似て、ジャガイモを清潔な布で優しく叩いている。

コンロみたいな魔導具では揚げ物用の鍋が用意されている。鍋にたっぷりのオイルを注ぎ、一六〇度を意識して、料理人に火力を上げてもらった。

「よい感じ？」

ジャガイモをフライパンにそっと入れて、きつね色になるのを待つ。周りで見ている料理長や副料理長たちの真剣な顔にこっちも緊張する。

俺が覚えている匂い。美味しい証のきつね色。カットしたジャガイモがフライドポテトになった。

フライドポテトを穴あきレードルですくって、鍋のうえでオイルを切る。

清潔な布に揚げたてのフライドポテトを並べてから、料理長一推しの岩塩を振る。上からも清潔な布を被せて袋みたいにしてオイルを吸わせた。

「……これでどうだ?」

俺は布のうえに広げたフライドポテトを一本、パクリ。

「……史上最高のフライドポテト。このジャガイモと岩塩、超絶ヤバい」

俺は料理長や副料理長にも味見させた。フライドポテトは熱々が美味いからさ。

二人とも食べた後、呆然と立ち竦んでから顔を見合わせる。そうして、神を見るような目で俺を見た。

「ジャガイモがこんなに美味しくなるわけがない。聖母様の奇跡としか思えません」

二人同時に同じ言葉。相変わらず、大袈裟《おおげさ》すぎ。

「料理長もすぐに作れる。レオンハルト様たちに試食を持っていくから、次は料理長が揚げてください」

「無理です。最低でも八回から九回、手本を見せてください」

俺は呆れたけど言い合っている場合じゃない。フライドポテトを熱々のうちに食べてもらいたいからさ。俺は足早に目をきらきらさせている王子の前に向かった。

「レオンハルト様、フライドポテトです。まず、何もつけないでモグモグしてください。

熱いから気をつけて」

第四王子の前に揚げたてのフライドポテトやスティック野菜のグラス、マヨネーズとマスタードの器を並べた。

フォークで一本刺し、大きく開いた口に運ぶ。……あむあむあむ……ケモ耳とほっぺの色がすごくね？

「……おいちい。すっごくおいちい。ジャガイモ？　ジャガイモがこんなにおいちいの？」

レオンハルト様の小さな手とケモ耳が感激を表現するようにピクピク動いている。控えている侍従長たちのケモ耳も感涙したようにピクピク。

「よかった。お好みでマヨネーズをつけてモグモグするのもマスタードをつけてモグモグするのもアリです……あ、マスタードはやめたほうがいい」

俺は慌ててマスタードを入れた器を下げた。

「……なぁに？　マヨネーズ？」

「野菜にマヨネーズをつけて食べると美味しいですよ」

俺がキュウリにマヨネーズをつけ、レオンハルト様の大きく開いた口に入れた。あむあむ、と可愛い。

「……おいちい。……キュウリないない。キュウリないない」

あまりにも美味しいからキュウリじゃない、って？　可愛すぎる。

「キュウリですよ。レオンハルト様に美味しくモグモグしてもらうために、マヨネーズでレベルアップしたんです」

俺がレオンハルト様の前で初孫を相手にする祖父になっていたら、料理長に無言で横腹をつつかれた。注意されなくてもわかる。魔王の圧力を感じる。それも魔王はひとりじゃない。料理長が試食させればいいのに、今日も俺にさせる気か？

フライドポテトやソースを並べるぐらいやってくれ、と料理長に横目で合図を送った。

さすがに料理長がセッティングしてくれる。

「陛下、大神殿長、宰相様、フライドポテトは熱々のうちにモグモグしてほしい……食べてほしいのでご挨拶は控えます。まず、何もつけずにお召し上がりください」

愛くるしい王子用の言葉が口から滑って焦ったけど、魔王トリオは咎めず、それぞれフライドポテトを口にした。

「…………」

イケメン国王は誰よりも早くフライドポテトを食べ終え、二本目三本目四本目を一気に口に放りこんだ。早すぎる。もうちょっと味わって食べてください、と俺は心の中で注文をつけた。

「……これがジャガイモ？」

大神殿長と宰相はお互いに顔を見合わせながらフライドポテトを試食した。

「……ジャガイモとは思えぬ」

イケメン国王の食べるスピードが速いから、俺は慌てて口を挟んだ。

「お好みでマヨネーズをつけたり、マスタードをつけたり。野菜にマヨネーズをつけて食べたら美味しいです」

俺が一言口をはさめば、魔王トリオはいっせいにキュウリにマヨネーズをつけて食べる。長兄も次兄も叔父もキュウリから？　どうして、ニンジンやセロリから食べないんだろう？　俺が素朴な疑問を抱いていたら、イケメン国王はキュウリもセロリもポテトもマヨネーズをつけて食べた。

「…………」

イケメン国王は仏頂面だけど、試食の感想は聞く必要ない。

「……マヨネーズ？　……魔術を駆使した媚薬ではないのですか？」

大神殿長がとんでもないことを言うと、宰相は同意するように大きく頷いた。

「……マヨネーズ……ニンジンがこのように美味なるものになるとは媚薬であろう。聖母様は媚薬をお作りになられたのか」

……これ、関わったらあかんヤツ。王家のメンバーに一礼してから、侍従長たちにフライドポテトやソースを並べる。

そそくさと離れてから、料理人たちに大声で言った。

「皆さん、フライドポテトは熱いうちが美味い。冷めないうちに食べてください。これから切り方の違うフライドポテトも揚げますから、食べ比べもしてください」

それから、俺はジャガイモを揚げ続けた。料理長や副料理長は試食しながら俺の手つきを観察している。見て覚える、っていう精神が染みついている。嫌いじゃないけど、あんまり熱く見つめられると困る。

けどさ、レオンハルト様が喜んでくれたらすべて吹っ飛ぶ。

「ターミのジャガイモ、おいちぃーっ」

「レオンハルト様、一番細いポテトとちょっと細いポテトと皮付きポテト、どれが一番好き？」

「これ」

小さい指が差したのは、シューストリングカットだ。大手ファストフードでも採用されているカットタイプ。大神殿長とイケメン国王はスティックタイプで宰相は皮付きポテトだった。料理長も副料理長も皮付きポテト。それぞれ好みがバラバラでひとつに決められない。ほかの侍従や料理人たち、護衛兵たちも好みはバラバラ。

「美味い。止まらない。どれも美味い」

「カリカリに細いポテトも美味いけど、皮付きのポテトも美味い。ポテトがこんなに美味いなんて麻薬を使ったとしか思えない」

「少し細めのポテトも極細のポテトも皮付きも美味い。すべて美味い。マヨネーズをつけてもつけなくても美味い。マスタードはつけなくてもいい」

　総合的な意見として「どれも美味い」「止まらない」「もっと」だ。ポテトにマヨネーズはなくても美味いけど、野菜にマヨネーズがあれば最高に美味い。マスタード派は少なかった。みんなに喜んでもらえたら俺も嬉しい。

　どんなにフライドポテトを揚げても、一瞬で食い尽くされる。王宮の上品なはずの人たちがいなごの大群に見えるのは俺の目の錯覚。

　準備していたポテトが終了して、俺は鶏の唐揚げにとりかかる。

　木のボウルで漬け込んだチキンに小麦粉を加えた。優しく皮が破れないように軽く混ぜる。

　魔導具の鍋にオイルを注いで着火。

「いい感じ？」

　表面が固まるぐらいまで揚げ、ザル代わりの籠に広げた。余熱で鶏肉に火を通せばジューシー。

「……ターミ様、数々の奇跡を起こした聖母様に申し上げるのは憚られますが、まだ生焼けだと思いますが？」

　料理長に躊躇いがちに聞かれて、俺はにんまりと答えた。

「俺は聖母様じゃないけど大丈夫です。二度揚げするから、一度目は生焼けで休ませる」

「二度揚げ？」

「食べたらわかります」

次の鶏肉を軽く揚げ、ザル代わりの籠に載せる。隣の籠で余熱を通していた鶏肉もそろそろだ。

「余熱で中まで火が通ったと思います。二度目はカラリと色がつくように揚げます。これが二度揚げ」

二度揚げした鶏の唐揚げをザル代わりの籠で油を切る。さらに清潔な布に広げて袋のようにして油を切る。

揚げたての唐揚げにレモンをぎゅっ。

いただきます。

「……俺至上、最高の唐揚げ」

自画自賛してもいいレベルじゃね？

俺は二度揚げした唐揚げを大皿に盛り、料理長や副料理長、料理人たちに呼びかけた。

「そのまま食べてもいいし、レモンをかけて食べてもいい。俺はレモンをかけて食べるのが好き。マヨネーズをかけて食べる人もいるけど、俺はかけないほうが好き。熱々のうちに試食してください。魔王たち……陛下たちには次の唐揚げを運びます」

俺の口が盛大に滑ったけど、鶏の唐揚げでスルーされた。大皿にてんこもりに盛った唐揚げにあちこちから手が伸びる。

「……これは鶏肉料理か？　美味すぎる……レモンを搾って食べてみる」

「……レモンをかけなくても美味い。レモンをかけても美味い。この美味さは異常だ」

「もし私が処刑されることになれば、処刑前の最期の食事は唐揚げを希望する」

「苦労をかけたオフクロに食べさせてやりたい」

鶏の唐揚げの反応もいい感じ。

世代の違う人同士でも唐揚げの話題なら盛り上がる説は異世界も同じ？

俺は余熱で中まで火が通った鶏肉を二度揚げし、手間暇かけて油を切った。大皿に盛って摘まんでほしいけど、いくら厨房でも王家のメンバー相手に失敬だ。お洒落な皿にそれぞれ盛って王家のメンバーの前に進む。身分的にはまずは君主にだけど、俺の足は愛くるしい末王子に一直線。

「レオンハルト様、鶏肉の唐揚げです……あ、野菜を全部モグモグしたんですね」

俺はグラスが空っぽになっていたから嬉しくなった。第四王子の侍従長から野菜嫌いだと聞いていたから。

「おかわりちた」

レオンハルト様が天使の笑顔を浮かべてキュウリを摘まんだ。侍従長が目をうるうるに潤ませて俺に頭を下げる。

「レオンハルト様が野菜を自らお召し上がりになったのは初めてです。マヨネーズという媚薬の効果でしょう」

ここできっちり否定しないと、マヨネーズ＝媚薬説が定着する。危険だ。

「マヨネーズは媚薬じゃありません」

「媚薬ではないのですか？　野菜がお嫌いな陛下も大神殿長も宰相も食べ続けています」

第四王子の侍従長が小声で言ったように、イケメン国王と宰相と大神殿長が黙々とニンジンやキュウリにマヨネーズをつけて食べている。食料庫にあるキュウリやニンジンやセロリを食べ尽くしそうな勢いじゃね？　控えている侍従たちも野菜にマヨネーズをつけて一心不乱に食べ続けている。

おかわりに次ぐおかわり。若い料理人がガラスのグラスにカット野菜を入れて運んできた。神に供えるように王家のメンバーの前に並べる。

「ほかの野菜でも美味しいよ。いつものサラダに何もかけないでそのままお出ししてもいい」

俺が提案すると、若い料理人たちがほっとしたように頷いた。

……あれ、キュウリやニンジンやセロリが底をつきそうなのかな？　いつの間にか、さっきはいなかった文官や女官たちまでいる？　……厨房の人口密度が一気に上がった？

とりま、可愛い王子に試食してもらうのが先だ。

「レオンハルト様、ポテトと野菜をそんなに食べた後で唐揚げがモグモグできるかな？」

小食の王子様だからもう食べられないかも？

俺の一抹の懸念を愛くるしい王子は天真爛漫な笑顔で一蹴した。

「ターミの、モグモグ」

つぶらな瞳とケモ耳が全力で「食べる」と叫んでいる。俺は揚げたての鶏の唐揚げをフォークで刺し、大きく開いた口に運んだ。

「……じゃ、まずレモンなしでモグモグ。熱々だから気をつけてね」

凛々しい顔でガブッ、と齧り付いてあむあむあむ……さらに齧り付いてあむあむあむあむ……小さな手をふりふりしている。

「……おいちい。おいちいの。もっと」

パカッ、と可愛い口がまた大きく開いた。口の周りのオイルを拭くのは後だ。俺はレモンを搾った唐揚げをレオンハルト様の口に運んだ。

「レモンをかけた唐揚げもモグモグ」

あむあむタイムの後、第四王子は小さな手を振り上げた。

「……おいちい。こっち。こっち。もっとおいちい」

「レオンハルト様はレモンを搾ったほうが好きなんだ。俺と同じ」

俺と同じ、ということに第四王子は手を叩いてはしゃいだ。

「ターミと同じ～っ」

俺と第四王子が手を取って笑っていると、忍者のように隣に擦り寄ってきたイザークに横腹をつつかれた。

……やっぱり俺？　唐揚げを出すだけなんだから、イザークでもいいんじゃね？　魔王トリオが揚げたての唐揚げを不気味な迫力を漲《みなぎ》らせて待っている。口に出して命令しないところが王家の嗜み？　料理長や副料理長は押しかけてきた女官軍団の相手をしている。魔王トリオ用の唐揚げ皿を持つ若い料理人は緊張で硬直し、俺の指示を待っているだけの状態だ。

ポンポンっ、と若い料理人の肩を叩いて覚醒させてから、イケメン国王の前に進む。

「陛下、大神殿長、宰相、熱々のうちにお召し上がりください。まず、レモンをかけずにそのままで」

俺が揚げたての唐揚げを差しだすと、イケメン国王は例によって無言で食べる。感想はないけど、満足したことはわかる。すぐにふたつめを口に放りこんだから。

「ターミ様はこちらも媚薬を使われましたね」

「媚薬が効きすぎであるぞ」

大神殿長と宰相は聞き捨てならないことをほざいている。それなー、媚薬ってないわー、どうしたらわかってもらえるのかな？

「媚薬なんて使っていません。単なる鶏肉の唐揚げ。次、レモンをかけてお召し上がりください」

レモンを搾った唐揚げを食べても、魔王トリオの反応は変わらない。イケメン国王は黙々と食べ続ける。大神殿長と宰相は媚薬云々《うんぬん》とうるさい。

「媚薬を使っているとしか思えません」

「媚薬を使っていないのならば、聖母様の聖なる力によるものぞ。ただびとにかような美味なるものは作れぬ」

「鶏肉にマヨネーズをつけて食べる人もいます。お好みで食べてください。次は魚の唐揚げです」

俺が次のメニューを告げてから立ち去ると、背中越しにイケメン国王のオーダーが聞こえた。

「ツヴァイク産の麦酒を」

唐揚げにビール？　わかる、全俺でわかるよ。イケメン国王もそれはわかっているんじゃね？

「陛下、気が合いますね。私にもツヴァイク産の麦酒を」

「私はシーラッハ産の赤葡萄酒で」

大神殿長はビールで宰相は赤葡萄酒、第四王子は赤葡萄汁だ。魔王トリオの許可が出たから、侍従たちも護衛たちもそれぞれ麦酒や赤葡萄酒をオーダーする。

……おいおい、厨房はビアホールか居酒屋か？　そんな感じ？　昼間からそんなんでいいの？　ランチの代わりでもヤバくないか？

俺が戸惑っていると護衛たちまで麦酒やら赤葡萄酒やら白葡萄酒やら飲みだす。いつの間にか、厨房には見るからに身分の高そうな宮廷貴族がひしめきあっていた。大神殿長や宰相相手でも悠然とした態度で接している。

……あ、瞳が青い？　金髪に青い瞳や銀髪に青い瞳、金茶色の髪に青い瞳の紳士たちは王族じゃないのか？　王族がどんだけいるのか知らんけど、やたらと多いんじゃね？　料理長や料理人たちの顔の引き攣り具合もひどくね？　あれ、外国の貴族もいるっぽい？

「副料理長、あの偉そうな軍団はなんですか？」

思わず、俺はカットした野菜をガラスの器に盛り付けている副料理長に小声で尋ねた。

「右から魔術省長官に文官省長官に外交省長官に王宮省長官に女官長に王立騎士団の長官です。王族の最長老からお若い大公までお揃いです」

副料理長は苦々しげに青い瞳の貴人たちについて語った。王家直系以外で青い髪を受け継ぐのは珍しいという。青い瞳は傍系でも多く受け継がれているようだが。

「王族に各省庁のトップが揃っているんじゃないですか？」

「そうです。魔術省のトップに文官省のトップに外交省のトップに王宮省のトップに女官のトップに王立騎士団の事務方のトップ」

「仕事中だろ？」

「聖母様の奇跡に立合うことはロンベルク王国における最大の役目だとほざきやがって……ではなく仰せになられて、殴りこんでいらっしゃい……お見えになられました」

副料理長はだいぶ苛立っているみたいで、貴人に対する言葉が乱れる。けど、ちゃんと言い直した。

それ、それなー、全俺がわかる。やんごとなき人が厨房に来ないでくれよ。本来、身分的にアウトじゃね。

「それで昼間から国のＶＩＰが集って唐揚げとビール？」

「陛下たちにとっては昼食です。ターミ様の試食をしたら昼食はお召し上がりになりませんから」

昨日もそうだったけど、やんごとなき人たちは厨房で試食したら昼食は摂らない。料理長も昼食を作らずにすむが、それ以上の災難に見舞われていた。

「とりあえず魚を揚げる」

どんどん増え続ける厨房の宮廷貴族に困惑しても仕方がない。

魚の唐揚げも手順をかけてカラリと揚げた。カリカリに揚げた骨も香ばしくて美味い。

お祖母ちゃんの魚の唐揚げに匹敵するかも？

料理長や副料理長たちも高貴な方々も体育会系の騎士団員たちも文官たちも淑《しと》やかそうな女官たちも魚の唐揚げに感激してくれた。

「聖母様、美味すぎる。聖母様がロンベルクに降臨《こうりん》してくださったわけがわかった」

「聖母様、オムレツもクレープもピザもクッキーも美味かったが、フライドポテトも鶏の唐揚げも魚の唐揚げも美味すぎる」

「聖母様、是非、我が国にご招待させていただきたい」

「聖母様、我が国の皇帝陛下も聖母様に会いたがっています」

聖母様呼びが加速しているけど、アイスクリームを作るのに忙しくて構っていられない。

氷魔法が使える副料理長に手伝ってもらって、ミルクと生クリームと砂糖からミルクアイスクリームを作る。バニラビーンズがなかったからミルクアイスだ。苺を使った苺アイスで二種類。菫《すみれ》の香りがする紅茶を使った紅茶アイスで三種類。

王宮の庭園で摘んだミントやナッツを添えて、やんごとなき方たちに出した。

「ターミ、大きくおいちい。フリートヘルム兄上みたいにぽこぽこおいちいの。とってもおいちい〜っ」

レオンハルト様は一生懸命美味しさを表現しようとしているけど、言葉が思いつかないらしい。あまりの愛くるしさに俺の頰は緩んだまま。これ、現代日本なら変質者で通報されるレベル？

　イケメン国王は顰めっ面でアイスクリームを平らげておかわり。大神殿長と宰相も媚薬だと言い合いながらペロリと平らげておかわり。ほかの王族たちも各省のトップたちも綺麗に平らげておかわり。

　副料理長がアイスクリームを懸命に盛り付けている。けど、おかわりオーダーが多すぎて間に合わない。

「丁寧に盛り付けていたら間に合わない」

　俺は大きな器にアイスクリームをてんこもりにして両手に持ち、魔王トリオの前に早足で進んだ。

「へい、お待ち」

　ドンッ、とアイスクリームの山を二つ、魔王トリオの前に置いて風のように立ち去る。もう各自でシェアしてくれ。

　ふっ、とイケメン国王が楽しそうに鼻で笑っている。大神殿長と宰相も楽しそうに高貴な微笑を浮かべた。王族や各省のトップ連中もやけに楽しそうだ。

「私たちなら不敬罪に問われるのに……さすが、聖母様……」

「ターミ様は否定しますが聖母様です。聖母様は聖母様です。別格です。第一、陛下の弟としての身分を授けられています」

「極東の子供にしか見えないし、言動も平民の子供だけれど、作りだす料理はどれも聖母様の奇跡としか思えません。陛下が特別扱いされるのは当然です」

「もし、聖母様でないと言い張るのでしたら私の娘婿にほしい。私のすべてをターミ様に捧げる」

「まぁ、ターミ様が聖母様でないのならば我が家が娘婿に迎えます。同じ大公でも格が違いますから赤き泉にお上りなさいませ」

厨房のあちこちで何か囁かれているけれど気にしない。今後のスイーツタイムのため、美味しいアイスクリームは浸透させたい。デザート担当の副料理長には今日だけで覚えてもらう。

「……あ、鶏ガラを捨てるなーっ」

若い料理人が鶏ガラを捨てようとしているから焦った。

「聖母様、ゴミです」

「俺は聖母様じゃないし、鶏ガラはゴミじゃない。美味いスープになるから捨てるなーっ」

俺が身体を張って鶏ガラを守ると、料理人たちはいきなりお祈りのポーズを取った。

「聖母様のことだからゴミで奇跡を起こすのでしょう。私たちは聖母様の奇跡に感服《かんぷく》しています」

「ここは聖母様を信じ、ゴミを保管しましょう」

おかしな方向に進んでいるけど、鶏ガラの死守が先決だ。鶏ガラと香味野菜を長時間かけて煮込み、鶏ガラスープを作りだす。明日の手打ちうどんに使う予定。

「ターミ様、アイスクリームが足りません」

副料理長から苦渋に満ちた顔で告げられ、俺は作業台の籠にある果物に視線を流した。林檎や洋梨もいいけど、大粒で色の濃いブルーベリーが目を引く。

「ブルーベリーで作るか」

日本ならこんなに質のいいブルーベリーは高価すぎて手が出せない。カフェのオーナーもよくジレンマに苛《さいな》まれていた。質のいい果物を使いたいけどコストがかかりすぎる。でも商品の値段を上げたら売れない、ってさ。

「ターミ様、逆効果です。新しい味ができたらミルクも苺も紅茶も試食した人が食べたがる。どんなに作っても足りません」

副料理長に渋い顔で注意され、俺は本心を明かした。

「俺がつまらない」

質のいい果物が並んでいるからいろいろと作ってみたい。これは料理好きとしての本望。

「……それ、今は抑えてください。まだ苺はありますし、紅茶はいくらでもあります」

「じゃ、副料理長が作ってほしい。陛下たちには夕食に唐揚げとアイスをオーダーされたんでしょう？」

陛下も大神殿長もレオンハルト様もあれだけ食ったのに夜も食うのか？　びっくりしたけど、それだけ気に入ってくれたんだな。第二王子と末王子が小食でないことは判明した。とにかく食うわ、食うわ、パネェ。

「夕食まで練習してからでないとお出しできない。お願いします」

「副料理長の生真面目さ、嫌いじゃないから困る」

俺は副料理長に負けて、苺と紅茶のアイスクリームを作る。ミルクのアイスクリームも大量に作る。盛り付けの美しさなんて考慮しない。大きな器にてんこもりでミントを添えるだけ。

「どうか、私に聖母様の奇跡に立ち合う栄誉をお与えください」

「私にも偉大なる聖母様を称えさせてください」

厨房に詰めかける宮廷人は増える一方だけど、緊急連絡が入った途端、イケメン国王や大神殿長たちはいっせいに出ていった。飲みかけの酒をそのままにして。

北の領地が魔獣に襲われ、領主一族では防ぎきれないという。厨房に残った宮廷貴族たちだけじゃなくて、料理人たちも恐怖で怯えている。

「ここ最近……いや、ここ数年、魔獣が増えすぎている」

「何故、こんなに魔獣が増えたんだ？　今まではこんなに王宮に緊急救助要請はなかったよな？」

「セルキーが魔獣討伐に協力しなくなったからだ。国王陛下と王女のことを根に持っているんだ」

「あれは陛下だけが悪いわけじゃない。セルキーの王女も冷たすぎる」

若い料理人たちの恐怖を料理長が一喝《いっかつ》した。

「今、問題は魔獣じゃない。これ以上、厨房に関係ない奴を入れるな」

料理長の一言により、出入口に猟師の息子だという料理人が肉用のナイフを両手に持って立つ。俺は鶏ガラと香味野菜を煮込みながら、副料理長の魔力を借りてアイスクリームを作り続けた。フライドポテトや鶏の唐揚げまで宮廷貴族や外国の外交官に懇願された。鶏肉が足りなくなり、若い料理人は養鶏場に向かった。ジャガイモも底をつき、王室御用達の商人に緊急注文。

……あれ？　もしかして、王宮にいる貴族が全員、押しかけてきたんじゃね？　全員は言い過ぎかもしれないけどひどくね？　お貴族様が料理人を脅している？　わけがわからないけど、フライドポテトに唐揚げにアイスクリームに誰もが熱狂している。聖母様バンザイの声も大きくなる。頼むからやめれ。フライドポテトも鶏の唐揚げもアイスクリームも誰でも作れるよ。ここがメシまずなだけ。魔術や芸術に注いだパワーと労力をメシに向けたら絶対にすごい。俺を拝むな。

「俺、これ以上は無理」

体力に限界を感じた頃、レオンハルト様が眠そうにしていた。俺も可愛い王子を理由にして一緒に厨房から出る。

それからが本当の修羅場だったらしい。後からイザークたちから様子を聞いたけど、俺はほっと胸を撫で下ろした。その場にいなくてよかった、って。

7　うどんを打ちました。

翌日、朝食はオーダーした通り、生の果物とオレンジ系のクレープだった。早くも完成したロゼルとスパチュラを使ったらしく、クレープ生地は薄く焼かれている。俺が焼いた生地とそんなに変わらない。味もいい。

「料理長にアイスがクレープにもクッキーにもあうことを言うの忘れていた」

料理長の作ったクレープと選んだ紅茶に大満足。

イザークは昨日のフライドポテトと鶏の唐揚げの興奮が続いている。俺が去った後の昨日の厨房は仁義なき戦いの場と化したらしい。王室御用達の商人からジャガイモが届いたのに足りず、養鶏場の鶏が一羽もいなくなったそうだ。

「ターミ様、今日、鶏肉料理はできないと思います。昨夜、料理長から緊急連絡がありました」

イザークから料理長の苦渋に満ちた連絡を聞いてびっくりした。

「……わ、わかった」

「ジャガイモは本日の午後には届くと思います。……とのことです」

「どうして、そんなことになるんだ？」

「ターミ様の料理が美味しすぎるからです」

「料理長や副料理長がマスターしたら、料理長や副料理長が作るフライドポテトや唐揚げのほうが美味しいと思う」

俺の料理は所詮素人に毛が生えた程度。ジャガイモの皮剥きにしたって、速さも綺麗さもてんで違った。プロだ、って思う。

「謙虚《けんきょ》だから、ますます聖母様と評判になるんです。聖母様と呼ばれたくないなら、上級貴族のように傲慢に振る舞ってください」

お貴族様の高慢ちきな態度について、今にもレッスン開始の勢い。

「わけがわからない」

謎は深まるばかりでも、時間は流れていく。今日もイザークが選んだお召し物を着て、届けられた高価な贈り物に引いて、愛くるしいレオンハルト様に癒される。俺の胃がうどんを求めて叫んでいるから厨房に突入したい。

「イザーク、今日も大きなぽこぽこがいるのかな？」

俺なりに直接話法を避けたけど、イザークにはちゃんと通じた。

「私の口からは何も申せません」

俺は覚悟を決め、レオンハルト様と手を繋いで自分の居住区から出た。想定内、転移の間に続く廊下で青い貴人たちが待ち構えている。昨日より、さらに人数が増えていた。

俺は大きく息を吸ってから大声で捲し立てた。

「陛下、大神殿長、宰相、お偉い人たち、邪魔です。料理人たちが緊張して可哀相です。陛下たちが宮廷のしきたりを破って厨房に乗りこむから、ほかのお貴族様まで乗りこんでくる。ほかのお貴族様が料理人を脅迫するなんてマジ最低。厨房に来ないでくださいっ」

不敬罪で火刑相当の無礼を働いたらしく、俺や第四王子の侍従たちは低い悲鳴を漏らした。イザークは頭を下げて無言で詫びる。

けど、俺は謝るつもりはない。

「ターミ、聖母様の奇跡をお守りする」

イケメン国王はいつもと同じように淡々としている。大神殿長や宰相、魔術省長官はなんだか楽しそうじゃね？

「俺が聖母様じゃないってわかっているはず。奇跡でもなんでもない。単なるメシです。俺が作った料理は昼食として運んでもらいますから、厨房に来ないでください。大迷惑。第一、厨房は料理人の聖なる職場です。厨房に入りたきゃ、料理人見習いになってから入ってくださいっ」

一度口が滑りだしたら止まらない。俺的には料理長や副料理長とじっくり話し合って、レオンハルト様が喜びそうなメシをたくさん作りたいんだよ。

「ターミ様をお守りする」

イケメン国王が騎士道精神を発揮しても、胸きゅんどころか胸が悪くなる。

「お気持ちだけいただきます。超邪魔。大迷惑。陛下たちがいなかったら、もっといろいろと作れる。厨房に立ち入り禁止」

ビシッ、とイケメン国王の鼻先を人差し指で差した。麗しすぎる大神殿長や紳士な宰相、各省のトップも王族も上級貴族たちも出入禁止。

「レオンハルトは?」

イケメン国王に真顔で問われ、俺は小さな手を握り直した。

「レオンハルト様はいい」

「理由を聞く」

「可愛いから」

……あ、口が滑った。そりゃ本心だけど、これじゃ変質者？　大学のツレが小さな女の子がひとりで泣いていたから心配で話しかけたのに変質者と間違えられた。先輩のときはひとりで泣いていた小さな男の子だった。聖母様扱いも困るけど、変質者扱いも困る。けど、聖母様より変質者のほうがマシか?

俺が究極の選択に悩む間もなく、イケメン国王の鋭い目が優しくなった。

「幼き末弟を愛《め》でてくださり感謝する」

「……あ、はい。俺も弟みたいで可愛いです。ずっと弟が欲しかったんで……」

俺が拍子抜けしていると、宰相が穏和な口調で口を挟んできた。

「ターミ様、特許の件、お話をしたいのです。特許を申請しましょう」

「……特許？　なんの？」

「ターミ様が生みだした奇跡の料理のレシピです」

「レシピで特許？　ないない。レシピなんてあってないようなもん。特許なんて取らない」

俺が首を大きく振ると、勢揃いの王族に各省のトップや上級貴族たちから感嘆の声が上がった。

「……な、なんて謙虚な」

「ターミ様の言動のすべて、聖母様としか思えないのです」

俺がレシピの特許を申請しなかったらますます聖母説が強まる？　あのレシピで特許はおかしいんじゃね？　どうして謙虚？

とりま、やんごとなき人たちの厨房入りは阻止できた。グッジョブ、俺。

イザークの転移術でほんの一瞬で厨房に一番近い転移の間に到着。

なのに、転移の間から厨房まで筋骨隆々の騎士団員たちが並んでいる。昨日より増えているのか？　今日、厨房に青い髪の偉い人たちはいない。どうして？　敬礼されても困る。

さすが、レオンハルト様はちっこくても堂々としているな。

厨房では目の下のクマをとんでもなく成長させた料理長がいる。副料理長以下、ほかの料理人たちはブラック企業で酷使《こくし》されている社畜《しゃちく》に見える……からビビった。

「料理長、陛下たちの厨房入りは阻止しました。どうして、護衛があんなに並んでいるんですか？」

俺が怒りを抑えながら聞くと、料理長は眉間の皺をさらに深くして答えた。

「聖母様の警護のため、と言っていますが、本心は聖母様の奇跡の味見をしたいのでしょう。昨日は死人が出るかと焦りました」

「……し、死人？」

「昨日のうちに緊急の御前会議が開かれ、ロンベルクでジャガイモ栽培の増産、鶏飼育の増殖が決まったそうです」

昨日、厨房で真っ先に試食したのは国のＶＩＰたちだ。決められない会議をだらだら続けるような馬鹿はしないらしい。

「つまり、国をあげてフライドポテトと鶏の唐揚げを奨励……そういう感じ？」

「そういうことです。アイスクリームのため、冷凍用の魔導具の増産も決まったそうです」

「やることが早いな」

「私も驚きましたが、助かります。王宮から国中に広がり、国外にも広がるでしょう。ジャガイモや鶏肉、冷凍用の魔導具が足りなくなる……流行の発信地としてロンベルクの名が高まります」

料理長から愛国心が溢れだして、俺は純粋に感心してしまった。イザークやほかの侍従たちも喜んでいる。

「そっか」

「……ですから、ターミ様、お願いします。ターミ様の料理を守るためにも、ロンベルクの名誉のためにも、ターミ様のレシピは特許申請してください」

料理長に真剣な顔で頼まれて、俺はびっくりした。

「……へ？　特許申請？」

「昨日、厨房に詰めかけた宮廷貴族の中には外国の外交官もいました。すでにターミ様の料理は海外にも伝わっているようです。ターミ様の味を間違って習得し、勝手に特許申請する不埒《ふらち》な輩《やから》も必ず現われます」

「……う、うわ」

「ターミ様の味がどのようなものか、確固たるレシピを特許登録してください」

「……考えてみる。……ま、今日はうどんを作りましょう」

料理上手なお祖母ちゃんが打ったうどんは美味しかった。小麦粉から作るのは重労働だけど、やっぱ違うんだよな。

「うどん？」

「小麦粉を練って細く切って茹でます」

「パンの一種ですか？」

「麺です。麺料理」

「麺という料理があるのですか？」

今のところ、この国ではパスタもマカロニもない。小麦粉はパンを焼くためだけに使われているという。レオンハルト様に定位置の椅子に座ってもらってからうどん作りスタート。

「作ってみましょう。腕力と体力が必要です。自信がある人、サポートしてください」

副料理長や若い料理人が手を上げ、俺の周りに張りつく。

小麦粉も種類がたくさん揃っていたから、中力粉らしき小麦粉を選んだ。パンに使っているという棒が麺棒そのままだからチョイス。

英語で『日本から来ました』は忘れたけれど、中力粉三〇〇グラムに水一四〇cc前後、塩大さじ一は覚えている。みんなに試食してほしいからたくさん打つ。

「まず、食塩水を作ります」

陶器のボウルで水と塩を掻き混ぜる。ここで塩をちゃんと溶かさないとアウト。

「こっちの木のボウルには小麦粉を入れます。食塩水の半分よりちょっと多めを回しながら入れて、すぐに掻き混ぜる。ささっと掻き混ぜる。ボウルが滑らないように注意」

小麦粉に溶かした食塩水を注ぎ、手早く注意深く掻き混ぜた。かつての俺はここでボウルをひっくり返したんだ。滑らないように、ボウルの底にちゃんと濡れ布巾を敷いていたのに。

「……なじんできたかな？　あともうちょっとかな？　……そろそろ……これくらいでいいんじゃね？　ここで残りの食塩水の出番です」

全体的に馴染んだと判断して、残っていた食塩水をすべて注いだ。

お祖父ちゃんが検診で引っかかって、一時なんでも塩分控えめでうどん生地の塩も控えた時があったけど、コシのないうどんだった。俺的にコシのないうどんはないわーっ。茹でたら大半の塩は流れ出るのにさ。

塩を入れるのは小麦粉のグルテンの形成を促進させるため。グルテンがうどんのコシの素《もと》だからさ。けど、塩を入れすぎると生地が硬くなりすぎるから注意。

いい塩梅、がお祖母ちゃんの口癖だったけど、それが一番難しくて重要。

「うどんの生地をひとつのかたまりにします。綺麗に固まるまで繰り返すこと」

木のボウルの中でかたまりにした生地を外側から巻き込むようにして押さえる。ひっくり返して、また強く押さえる。またひっくり返して押す。ひっくり返して押す、のリピート。

「……そろそろいいんじゃね」

いつもパンを捏ねているというのし台に打ち粉を盛大に振る。木のボウルからひとかたまりにした生地を乗せた。お祖母ちゃんは生地をビニール袋に入れて足で踏み踏みしていた。けど、ここにビニール袋はないし、体育会系の料理人が揃っている。

「うどん生地に全体重を乗せて押す。……押して押して押しまくる。二十回ぐらい押して生地が平べったくなったら三つ折りにしてまた押す。この繰り返し」

全俺で生地を押して押して押しまくり、数えて二十回めでひっくり返してまた押した。

「……はっ……よっ……おっしゃ……ふっ……よぅっ、はっ……うおっ……」

生地を捏ねていると、自然に口から声が漏れる。頑張れ、のポーズで第四王子は俺の顔と手元を交互に眺めていた。

「交替してください」

バトンタッチ、と俺は一番背の高い料理人に託した。

「……はっ……よっ……おっしゃ……ふっ……うおっ……あ、間違えました。ふっ、の次はようっ、でしたね？」

一番背の高い料理人に詫びられたけど、手際よく捏ねていたからわけがわからない。料理長や副料理長も渋い顔で溜め息をついている。

俺はびっくりして聞き返した。

「……へ？　何が？」

「呪文を間違えて申し訳ございません。失敗でしょうか？」

呪文ってなんだ？　俺は呪文なんて唱えていない。何も喋らなかった……あ、もしかして、あれ？

「……た、単なるかけ声だ。呪文でもなんでもない」

俺が慌てて誤解を解くと、一番背の高い料理人は安心したように息を吐いた。料理長や副料理長もほっと胸を撫で下ろしている。

「……よ、よかった」

「てっきり、聖母様の呪文だと思った」

「珍しい呪文だと思ったが、聖母様のかけ声とは……」

あちこちから聞こえてくる会話に応対している余裕はない。とにかく押して押して押しまくるのみ。

「……生地のひび割れが減ってきた。そろそろいいと思う。変わってくれ」

手で確かめたらうどん生地がだいぶ固くなっている。生地の表面がなめらかになれば熟成させる。

「……OK、三〇分から一時間休ませるんだけど、乾燥させたらアウトだからビニール袋……ってないよ」

うどん生地を清潔な布で包んで、密封容器に入れて窓際の作業台に置いた。温かいほうが熟成は早いから。

「うどんスープ……あ、ないない。昨日の鶏ガラスープを使います」

昨日煮込んでいた鶏ガラスープはいい感じになっている。自分で味見をした後、料理長や副料理長たちにも味見させた。

「まさか、ゴミからこのようなスープができるとは……」

「ゴミのスープ？　ゴミが極上のスープになるとは異常です」

「聖母様の奇跡ではないと言い張るのなら、私たちにもできるのですね？」

俺は鶏ガラスープについて説明した。野菜のクズや豚肉や牛肉、魚や貝からも摂れることも伝える。出汁、白いフォン、褐色のフォン、そういった類が抜け落ちているんだ。俺的には基本なのに。

「魚介類のトマトソースは昨日のピザでも作ったけど、クレープにもパスタにもスープにも使えます。今日はうどんに使います」

水揚げしたばかりの鮮魚と貝で洋風うどんは最高に贅沢。トマトソースは魚介類で一種。

「ニンニクにオリーブオイルに塩、赤唐辛子でペペロンチーノ風うどん。今日の具は豚肉とタマネギとキノコとキャベツだけど、お好みでなんでもいいです。その時にあったものでOK」

ペペロンチーノ風味のうどんで二種……や、レオンハルト様を思いだして、赤唐辛子の使用はNG。鶏ガラを主体にしたオイルうどん。

カルボナーラ風味のうどんで三種の予定。カルボナーラは卵やベーコン、ブラックペッパーを用意しただけで止める。

「今日のデザートは洋梨のクラフティ。洋梨のグラタンとも言います。焼くのに三〇分近くかかるから準備だけしておきます」

副料理長たちに指示して洋梨をカットしてもらって、砂糖やバター、ミルクの分量を天秤で量る。これがなかなか厄介だけど必要。

「ターミ様、ターミ様ならば魔術省長官に秤の改善を申し入れることも可能です。魔術省は大喜びで取りかかるでしょう」

クレープ用の調理具も最速で仕上がってきたからいい考え。ザルや菜箸《さいばし》もオーダーしたい。

「そういう手もあるのか」

寝かせていたうどん生地を指で押したら、三分の一ぐらい戻る。これでＯＫだけど、うどんこねこねはまだ続く。

「ターミ様、まだ捏ねるんですか？」

体育会系の料理人たちは単純に驚いているが仕方がない。

「そう、軽く捏ね直す。生地の端を折り込んで、回すようにして織りこむ。生地のポジションを変えてまた折る……最終的に丸くまとめる」

気づけば、レオンハルト様がつぶらな目でじ～っと見つめている。人見知りでおとなしいみたいだけど、好奇心旺盛な王子様だよな。危険じゃないからいいんじゃね？

「レオンハルト様、うどんこねこね、やってみる？」

俺が軽く声をかけると、第四王子は元気よく手を上げた。

「ターミ、やる」

第四王子の準備は侍従長たちが楽しそうにしてくれる。

「えいっ、えいっ……えいっ」

かけ声も可愛い。ケモ耳や尻尾に打ち粉が飛んだけど、レオンハルト様は一心不乱でこねこね。侍従長たちも捏ねているかのように背後で力んでいる。はっきり言って微笑ましい。

料理長たちも同じ気持ちらしく、レオンハルト様や侍従長たちに目尻を下げている。

「レオンハルト様、お上手。とってもお上手です。これでちょっとおねんねさせますからね」

丸く整えた生地をまた清潔な布でくるみ、密封できる容器に入れた。窓際で少し休ませればいい。

「美味いもんは手間暇かかる。パンもこねこねして発酵を二回したらふんわり美味しくなるから、葡萄酵母ができるまで待っていてください」

現在、自分の居間でこっそり葡萄酵母を仕込んでいる最中だ。今のところ腐敗している気配はない。

「ターミ様の仰ることがまったくわかりませんが、ターミ様を信じています。お待ちしています」

休ませたうどん生地を押して確認したらＯＫの状態だ。パン棒でうどん生地を押して伸ばす。生地を回転させてパン棒で伸ばす。その繰り返しだ。

レオンハルト様にもパン棒を持たせたら、意外なくらい上手に押して伸ばした。お転婆な従妹よりは確実に上手い。

「レオンハルト様、交替します。ここからうどん生地のラストスパート」

のし台とうどん生地にたっぷり打ち粉をしてから、パン棒に捲きながら伸ばしていく。

またパン棒を転がしながらのばす。要はパン棒でうどん生地を三ミリ前後の薄さまでのばすんだ。

「……あ、ターミ様、申し訳ありません。端が切れました」

体育会系の料理人が悲鳴混じりの声を漏らした。

「端のほうが薄くなるから切れやすい。気にしなくてもいいよ」

「ゴミとして処理してよろしいですか？」

「ゴミじゃない。うどん生地だからちゃんとうどんになる。麺の形にできなくても、食べ方はいろいろあるから」

三ミリ前後にのばしたうどん生地に打ち粉をしてから、カットしやすい幅のびょうぶだたみにする。のし台にもカッティングボードにも打ち粉を忘れたらアウト。

「カット幅は三ミリぐらいがいい感じ」

うどんは茹でたら太くなるから細めにカットしたほうがベター。

一人分から二人分ぐらいカットして、そっと摘まみあげたら打ち粉をはらう。麺が切れないようにほぐしていく。

料理長や副料理長は未知との遭遇にびっくりしているみたいだ。麺というものがなかったから、麺の表現に悩んでいた。

「……細いにょろにょろ？」

「小麦の紐ですか？」

「小麦の縄ですか？」

「麺です。うどん。麺を切ったら最速で茹でて最速で食べる。これがポイント」

先に大きな鍋でお湯を沸かしてもらっていた。麺を優しくほぐしながらそっと入れる。ぐつぐつぐつ、と沸騰したら火力を弱めてもらう。

「一〇分くらいかな？　一〇分もいらないかな？」

麺に透明感がでてきたからザル代わりの籠にあげた。食感のためにはここで水洗いを忘れたらアウト。

「うどんの麺ができました。魚介類のトマトスープうどんから作ります。準備してください」

俺は魚介類のトマトスープを温め直し、うどんをゆっくり投入した。トッピングは刻んだパセリだ。

大きな器にうどんもスープも入れてからフォークとスプーンで味見。

「俺史上、最高」

鶏ガラスープが隠し味になっているのか、魚介類の出汁が上手く馴染んでいるのか、自分で言うのもなんだが味に深みがあって美味い。

俺は小さな椀に魚介類のトマトスープうどんを入れ、レオンハルト様の前に置いた。そして、フォークとスプーンで大きく開いた口に運んだ。

あむあむした後、目を丸くして口を小さな手で押さえる。どうも、びっくりしているみたいだ。

「ターミ、つるつる。おいちい」

「よかった」

俺はほっとしてから、大きな鍋で作った魚介類のトマトスープうどんを指しながら言った。

「冷めないうちに味見してください。これから三種類、ぶっ続けで作ります」

今日は大きな鍋から自分たちで取って試食してほしい。一々説明しなくても料理長たちには通じた。

「不思議な料理です。小麦粉からこのような紐料理が……紐ではなくうどんですか……」

「初めての食感ですが美味い。トマトスープに絡んで絶妙の味わいです」

「このスープ自体が美味しすぎます。昨日のゴミとトマトでこのようなスープができるとは、豊穣の女神はご存知なのでしょうか?」

彼らがうどん初体験に感動している中、俺は手早くカルボナーラうどんもオイルうどんも作った。こちらはスープじゃないから、大きな皿に豪快な山盛りだ。

レオンハルト様はカルボナーラうどんがお気に入り。フォークとスプーンで食べられないらしく、小さな手でうどんを掴んで食べている。侍従長たちも止めたりせず、満面の笑顔を浮かべて見守っていた。

レオンハルト様の試食が終わったから、二巡目のオイルうどんには赤唐辛子を入れてペペロンチーノ風にする。

料理長や副料理長、侍従長たちはオイルうどんよりペペロンチーノ風が好みだ。魔術省で扱われていた赤唐辛子の使用法にびっくりしている。逞しい警備兵たちの一番人気もペペロンチーノ風うどんだ。さりげなく入室してきた女官たちの好みは魚介類のトマトスープうどんとカルボナーラで割れた。

「ターミ様、恐ろしいことを思いだしました」

料理長にこの世の終わりみたいな顔で話しかけられて俺は戸惑った。

「……え？　デザートは覚えているよ。今、焼いている」

欧州と同じようにデザートは食後ではなく食事のひとつだという。大量の洋梨のグラタンは石釜で焼いている最中だ。甘い香りが漂ってくるから、あちこちでケモ耳が期待でピクピクしている。レオンハルト様の耳も顔も期待でいっぱいだ。

「陛下や大神殿長や宰相の侍従長から連絡が届いています。聖母様の奇跡を忘れずに届けるように、と」

俺の目の前に青い髪と瞳の魔王トリオが過ぎった。

「……あ、忘れていた」

すっかり忘れていた。思いだしもしなかった。うどんを打つのに夢中で。楽しくてさ。

「この場合、聖母様ではなく私が火刑です。副料理長が斬首刑でしょう」

「……う、うどんは残っているからなんとかなる。なんとかしよう」

茹でたてのうどんはあるし、鶏ガラスープは残っている。トマトも魚介類もある。カルボナーラやペペロンチーノ風の食材もある。

「ランチとしてお出しできればいいと存じます」

イケメン国王や大神殿長たちが厨房で試食をすると昼食の用意は無用だ。料理長は今日も厨房に乗りこんでくると覚悟していたから昼食の準備をしていなかったという。

「ランチ？　スターターには茹でたブロッコリーと茹で卵とエビにマヨネーズ。サラダにはヴィネガーを効かせて薄くのばしたマヨネーズソースでもかけておけばいいんじゃね？」

フランスだったたか、激安大衆食堂では茹で卵に自家製マヨネーズをかけただけの前菜があると聞いた。

「……あ、ありがとうございます。陛下はマヨネーズをことのほかお気に召されていましたからお喜びになります」

「サラダに砕いた胡桃やピーナッツをトッピングしたら食感がいいよ」

ナッツは酒のつまみで定着しているみたいだけど、種類がたくさんあって美味しいから使わない手はない。

「サラダに木の実をトッピングですか？　予想だにしていなかった……サラダに？」

「じゃ、美味しいからやってみよう」

「魚介類のトマトスープうどんが絶品ですからスープはどうしましょう？　今まで麺料理はなかったもので……どのように組み立てればよいのか迷っています」

昼食も夕食も前菜から始まるフルコースに温かいスープが含まれていた。野菜にきのこに豆に魚介類に肉類、具材は変わっても味付けはいつも塩だった。

「スープは王宮料理の定番ですか？」

「代々、昼食も夕食も必ず温かいスープをお出しすることになっています」

料理長は伝統と新しい風に迷っている？　そんな感じ？　伝統に縛られていたら、俺に相談したりしないよな。

「魚介類のトマトスープうどんがあるからいらないでしょう」

俺がきっぱり言うと、料理長は吹っ切れたように笑った。

「私もそう思います」

「うどんはメインにも主食代わりにもなります。パンもいらないと思いますよ」

「三種類のうどんをメインにすれば、肉料理は無用と思われますか？」

いつもの王宮料理ならばメインは魚料理の後の肉料理だ。一応、ペペロンチーノ風うどんに豚肉を使っているけれど、肉食系の若い男なら物足りないんじゃね？

「イケメン国王がガッツリ肉食系なら牛肉料理でもいっとく？　ソースは赤葡萄酒とか？」

「赤葡萄酒でソースができるのですか？」

「できる。美味いよ」

結局、俺はイケメン国王たちの昼食を作りながら、洋梨のグラタンを焼いた。甘い香りが厨房中に漂う。

「ターミ、フリートヘルム兄上みたいにおっきいおいちいーっ」

レオンハルト様の笑顔を見た瞬間、俺は次のデザートを考えだしていた。周囲では聖母様呼びが加速したけどもちろん断固として拒否する。

ただ、料理長や副料理長たちの熱意と説得に負けて、レシピの特許は申請することにした。それ、それなー、悪い奴らはどこにでもいる。そういうことだな。

8　大神殿長より聖母様へ

私の兄は奇跡の王子であり唯一無二の存在。

実父である先代国王が畏怖《いふ》したぐらい傑出《けっしゅつ》しています。

兄上のことは子供の頃から尊敬していました。いつも近くて遠い広い背中を追いかけていたような気がします。

弟は……ジークフリートは昔から自由奔放で次から次へと王家の慣習を破り、父上たちを怒らせ、後見人を何度も失神させて隠居させ、挙げ句の果てには王位継承権を蹴り飛ばしました。誰もが気づいています。父上を故意に憤慨させて、王位継承権を剥奪されるように仕向けたことを。

父上が御逝去《ごせいきょ》された後も兄上が即位した後も王宮が後継者問題で揺れていても、ジークフリートは変わりませんでした。いきなり魔獣が増え、王立騎士団を率いて討伐に向かったのはよろしい。けれど、聖夜や建国祭、大切な行事にも戻ろうとしません。堅苦しい王宮にいたくないのは明白。

「ジークフリート、部下を庇って負傷したと聞きました。何故、報告せぬ？」

王立騎士団長補佐から連絡が届くまで、私や兄上たちも知りませんでした。いつもそうですが、連絡する必要がないと思いこんでいます。

『またな』

私が言葉を返す前に一方的に切ってしまう。これもいつものこと。相手が兄上や叔父上、王族の最長老であっても変わりません。

「ジークフリート、シーラッハ領主を庇って負傷したと聞いた。何故、報告せぬ？」

シーラッハ領主から感謝が届きましたが、肝心の王立騎士団長からは何もありません。連絡を受けた王宮の恥になります。

『またな』

いつもと同じように一方的に切ってしまう。兄上と叔父上、各省の長官たちの懊悩《おうのう》がさらに増します。

「ジークフリート、テーヌ王国の第二王女の熱き情魂を返したと聞いた。何故、報告せぬ？」

国王の息子として誕生した以上、政略結婚は義務ですが、ジークフリートは昔から断固として拒み続けています。他国の王女に恋心を抱かれても拒否していました。今回が初めてではありませんが、外交に関わるから報告するように何度も注意したのに。

『またな』

いつもと同じように一方的に切られた途端、私の背後で外交を担当する外交省の長官が気絶しました。叔父上と王族の最長老からは呻き声が漏れます。

「同じ星と泉を受け継いだ我が弟、バーレイ帝国の第一皇女との縁談申しこみを断ったと聞いた。どういうことでしょう？」

相手が誰であれ、ジークフリートの態度は変わりません。結婚自体、興味がないのでしょう。バーレイ帝国に赴任中の外交官から泣きつかれるまで、私たちは何も知りませんでした。

『またな』

ジークフリートの今回の行動は帝国の尊厳を踏みつけたに等しい。一歩間違えれば戦さになるのにいつもとなんら変わらず。兄上が帰還命令を出しても、魔獣討伐を理由に帰還しないのも変わらず。

王宮に待機している副団長や従弟、宰相に迎えに行かせてもあっさり帰されました。子供の頃から逃げ足は抜きんでています。

「誉れ高き王立騎士団長、紅蓮の魔獣が出現したと聞いた。何故、報告せぬ？」

巨大な魔力の持ち主であっても、百戦錬磨の騎士であっても、紅蓮の魔獣には敵わない。魔獣の中で最も危険な魔物です。遭遇したら諦めるしかない。そのように恐れられていますが、ジークフリートに同行している魔術師から連絡があるまで知りませんでした。

『始末した。またな』

いつもと同じように一方的に切られ、溜め息をつくことしかできない己がもどかしい。傍らでは魔術省長官と薬師が解熱剤を飲んでいます。熱発の原因は言わずもがな王立騎士団長。

「ジーク、殲滅《せんめつ》したはずの炎天の魔獣が出現したと聞いた。何故、報告せぬ？」

ジークフリートに同行している魔術師や薬師、補佐たちから連絡が入りました。それだけ重要な案件です。

『始末した。またな』

いつもと同じように一方的に切られ、私には為《な》す術《すべ》もない。背後では宰相や魔術省長官、外交省長官から薬師まで解熱剤と胃薬を飲んでいます。

「……あ、あの子は……あの子は……」

王命にも平然と背く王子は今も昔も変わりません。こちらで案じている者をいっさい配慮しない。今でも思いだすだけで私の泉魂が激しく軋む。兄上と私の酒量が増えました。宰相や外交省長官、魔術省長官たちの酒量も増えました。……皆、増え続けていました。レオンハルトの心身の状態も悪化の一途を辿っていたから途方に暮れていました。

けれど、ターミ様の出現で風向きが変わりました。

ジークフリートは例の如く、私と兄上が聖母召喚に失敗したと知っているのになんの連絡もありませんでした。それなのに、ターミ様が故郷の料理を作った途端、連絡が入りだしました。

『バルドゥイーン兄上、聖母様が奇跡を起こしたと聞いた。オムレツとクレープとはどんな媚薬だ？』

誰から何を聞いたのか定かではありませんが、天が私たちに与えた好機に思えました。今まで一度たりともジークフリートから連絡がなかったのですから。

「ジークフリート、いい機会です。魔獣討伐、ご苦労様でした。帰還しなさい」

私が帰還を促した瞬間、一方的に切られてしまう。いつものことだけれども、いつもとは明らかに違います。私は確かな手応えを感じました。

『兄上、聖母様がまた奇跡を起こしたと聞いた。ピザとクッキーとはどんな媚薬だ？』

荒くれ王子から入る連日の連絡に私は勝機を感じました。傍らの宰相や魔術省長官も同じ心情らしく口元を緩めています。

「ジークフリート、帰還しなさい。自分自身で聖母様の奇跡を確かめなさい」

ジークフリートがターミ様の料理を取り寄せられぬように手は打っています。ターミ様の奇跡を味わいたければ戻ってまいれ。

とはいえ私の気持ちは通じていますから、いつもと同じように一方的に切られてしまう。

『兄上、聖母様がまたまた奇跡を起こしたと聞いた。唐揚げとアイスクリームとはどんな媚薬だ？　フライドポテトとマヨネーズはどんな麻薬だ？　王宮の奴ら、なんで転送術でこっちに届けないんだよっ』

ジークフリートの荒々しい声に私は泉魂の深淵で祝杯を挙げました。

「私の大切な弟、久しぶりに顔を見せなさい。ともに聖母様の奇跡を確かめましょう」

あと一押し。いつもと同じように一方的に切られたけれどもいつもとはだいぶ違います。

『兄上、聖母様がまたまた奇跡を起こしたと聞いた。うどんと洋梨のクラフティとはどんな媚薬だ？　届けられないように王宮の奴らに手を回しているだろう。そういうの、やめろっ』

ジークフリートがどんな顔をしているか、私には手に取るようにわかります。

「私の可愛い弟、長らく会っていませんね。案じています。ともに聖母様の奇跡に立ち会いましょう」

そろそろ。そろそろのはず。

翌日、予想通りの連絡がありました。

『聖母様の奇跡を見る。帰還する』

ジークフリートは言うだけ言うと一方的に切りました。ラザニアや苺の生クリームのケーキについても聞き、とうとう耐えられなくなったのでしょう。

私は続き部屋で報告書に目を通している兄上に声をかけました。

「陛下、朗報です」

私は兄上と向かい合うように椅子に腰を下ろしました。テーブルには各国に送りこんだ間諜《かんちょう》からの報告書。内容はすべて各国で噂になっているターミ様の奇跡について。列強はいち早くターミ様を調べだしたようですから油断できません。

「いかがした?」

「ジークフリートが帰還します」

「戯れ言を申すな」

兄上の憮然とした面持ちには手のつけられない弟に対する諦めと鬱憤《うっぷん》が混じっています。

兄上、痛いぐらいわかります。

「私も嘘だと思いましたが本気のようです」

「ターミの奇跡か?」

「間違いなく」

「あれは昔から……」

「……はい、あの子はいつもそうです」

私が鬱憤混じりの溜め息を漏らすと、兄上は大きな鏡に透視術をかけました。ほんの一瞬で大きな鏡には厨房が映しだされます。

レオンハルトが侍従長に自分用のエプロンをつけさせていました。白い帽子を被せるのは、目尻の下がった料理長です。

『レオンハルト様、可愛い。エプロンや帽子、作ったんですね。似合いますよ」

ターミ様は一点の曇りもない笑顔で料理人姿の末弟を誉め称えています。料理長以下、ほかの料理人たちの頬もだらしなく緩んでいました。

『ターミ、一緒』

『はい、一緒ですね。今日も手伝ってくれるんですね』

『頑張る』

レオンハルトがどんな魔力を持っていても、厨房で手伝えることは限られています。ターミは洗ったばかりのレタスを差しだしました。

『レオンハルト様、サラダにします。レタスを食べやすいようにちぎってくれますか？』

『頑張るの』

レオンハルトは小さな手で必死になってレタスをちぎっています。ターミ様は隣で胡桃オイルとアップルヴィネガーでドレッシングを作りだしたご様子。

野菜はサラダであれ、スープであれ、好きではなかったけれど、ターミ様特製のマヨネーズやドレッシングをかけると野菜とは思えないぐらい美味。不思議でなりません。ターミ様を聖母様と呼ばずしてなんと呼ぼう。

『フリートヘルム兄上の』

　レオンハルトの人差し指の先はちぎったレタスの山です。人見知りの末弟はターミ様の出現で変わりました。

『魔王も……国王陛下もきっと美味しくモグモグするでしょう』

『バルドゥイーン兄上の』

『セクシー……大神殿長もきっと美味しくモグモグするでしょう』

　ターミ様とレオンハルトのやり取りを聞き、厨房を無言で見つめている兄上に話しかけました。

「陛下、レオンハルトが本日も手伝っています。サラダを決して残さないでください」

　兄上は叩きこまれた帝王学で嫌いな食材でも平然と召し上がりますが、私より野菜は嫌いだと知っています。

「よく人に言えるな」

　呆れたように言われたけれども、わざわざ相手にすることはありません。厨房のレオンハルトが楽しそうで私の胸も弾みます。もはや、生死の境を彷徨っていた末弟はいません。薬師や魔術省長官も驚嘆する健康状態です。

「レオンハルト、本当によかった。あんなに食べるようになるとは思わなかった」

　現在、レオンハルトは成人男子並の食事をしています。侍従長たちは歓喜に咽《むせ》び泣き、ターミ様への感謝の祈りを毎日大神殿で捧げています。

「人のことが言えるか？」

私も幼い頃から食事というエネルギー補給は億劫《おっくう》でしたが今では楽しみです。これもすべてターミ様のおかげ。

「……ふふっ……ジークフリートの帰還が待ち遠しい」

あの子なら唐揚げとフライドポテトに膝を屈する。兄上が四皿追加した赤葡萄酒のソースがかけられた牛肉料理にも勝てないはず。

「ターミの奇跡でジークフリートを王宮に留めおく。次期国王はジークフリートだ」

今度は逃がさない、という兄上の決死の思いが全身から発散されました。先代国王に王位継承権を剥奪されても、第三の目を持つ奇跡の国王が新たに宣言すれば美しい泉図になります。……美しい泉図にしてみせる。たとえ、ジークフリートがどんな抵抗をしても。

「畏まりました」

フリートヘルム九世の英断に意を唱える必要はありません。ターミ様、青き泉の心魂より深く感謝します。

聖母様、我の命を捧げる。

ロンベルクに聖なるご加護を賜らん。

9　ジャガイモ料理禁止になりました。

ラザニアと苺の生クリームのケーキ。不味いパンを美味しく食べようとして作ったオニオングラタンスープにエビフライ&タルタルソースにカスタードプリン。パスタと紅茶のシフォンケーキ。どれも大好評。

厨房に通っているせいか、毎日あっという間に時間は過ぎていく。レオンハルト様に喜んでほしいから、どうしてもメニューが偏るけどしょうがないよな。魔王トリオは毎食おかわりしているから満足みたいだし。

昼食にハンバーグと葡萄ムースを作った日、料理長たちが夕食の準備に取りかかろうとすると、王室御用達の商人からジャガイモが運ばれてきた。

「ターミ様、ようやくジャガイモが届けられました。これでフライドポテトを作ることができます。……皆様、熱心に希望されていましたからほっとしました」

料理長たちはさっそくフライドポテトを作ろうとしたけれど、俺は違うメニューにチャレンジしたい。

この気持ち、わかってくれるよな？

フライドポテトを初めて作った後、ジャガイモが搬入されるたびにフライドポテトなんだよ。カーリーカットも手割りも作った。特に茹でてから手で割って揚げる手割りにはみんな大熱狂。王都中にフライドポテトブームが広がったみたいで、ジャガイモが搬入されなくなった。

……で、今日、やっと届いたジャガイモ。

おまけにレオンハルト様が自分用のエプロンを作って、自分用の帽子を被って、ずっと俺のそばにいるんだ。俺が昼食だけじゃなくて夕食作りも参加するようになってもぴったり張りついてさ。マジ可愛いんだよ。次は何を作るのかな？　って、目をキラキラさせているから期待に応えたい。

「フライドポテトだけが美味いポテト料理じゃない。簡単そうに見えて手間暇かかるポテトサラダを作りましょう」

俺が力説すると、料理長も料理人魂が疼いたみたいだ。

「ターミ様、是非とも御教授いただきたい」

ジャガイモの皮を剥いて水にさらしてから茹でた。マッシャーがなかったので、フォークやスプーン、パン棒を使って潰す。

この作業ならレオンハルト様にもできるかな？

俺は木のボウルに茹でたてのジャガイモを少し入れた。

「レオンハルト様、ぎゅっぎゅっぎゅーっ、と押してください」

俺は手本を見せてからレオンハルト様にスプーンを渡す。

「えいっ、えいっ、えい〜っ」

レオンハルト様のきりっとした顔とピン立ちのケモ耳が可愛すぎる。

「レオンハルト様、その調子、頑張ってください」

「殿下、それでこそ我らの主君です。白き泉でお父様もお母様もお喜びでしょう」

背後で応援する侍従長たちも微笑ましい。和みながら、マヨネーズを大量に作って、ハムやキュウリやタマネギ、林檎や干し葡萄など、具材を準備する。ニンジンは星形カットにしてボイル。

「レオンハルト様、すごい。上手に潰せましたね」

潰したジャガイモに具材をさっくり混ぜ、マヨネーズで和える。食感をよくするため、トッピングには砕いたナッツ。仕上げはみじん切りのパセリ。

レオンハルト様ややんごとなき方々にはポテトサラダのケーキにした。木のボウルで形を作って、トマトやレタスで飾り付け。

「ターミ様、陛下の侍従長から連絡がありました」

副料理長に神妙な顔で言われて、俺は首を傾げた。

「陛下の侍従長がなんて？」

「フライドポテトを揚げたのならば即座に送るように、とのことです」

……げ、忠義一筋の侍従長からフライドポテト寄越せの連絡？　イケメン国王はジャガイモが大量に搬入されたって知っているんだ。それでフライドポテトを揚げたと思いこんでいるのか？

「夕食時間にはまだ早いし、フライドポテトじゃなくてポテトサラダにした。そう返事してください」

副料理長は厨房の端にある連絡用の魔導具に向かっていく。けど、すぐに血相を変えて戻ってきた。

「ターミ様、陛下の侍従長から連絡です。ポテトサラダをすぐ送るように、とのことです」

「ポテトサラダだけでいいんですね？」

「陛下たちは一刻も早くターミ様の奇跡を召し上がりたいのでしょう。そのお気持ちはわかりますから」

仕方がないやんごとなき方々用のポテトサラダのケーキを副料理長に渡した。連絡用の魔導具の隣、厨房の一角にある水晶のキャビネットの扉を開け、ポテトサラダのケーキを置く。扉を閉め、赤水晶のボタンを押すと、ポテトサラダのケーキは陛下がいる広間に転送される。転送の魔導具だ。マジ便利。

王宮はとんでもなく広いし、厨房と王家の大食堂は遠く離れている。お茶会や晩餐会が開催される大広間も果てしなく遠い。それでも、転送の魔導具を使ったら、熱い物は熱いまま、冷たい物は冷たいまま、テーブルに並べられる。揚げ物も揚げたてを一瞬でテーブルに並べられるから料理人にとってもいい。グッジョブ、転送の魔導具を発明した魔術師。

「ターミ、ケーキ？」

レオンハルト様がポテトサラダのケーキの前で目に星を飛ばしている。夕食前だけど、今日はもう夕食タイムでいいんじゃね？　侍従長たちのケモ耳と尻尾もピクピクピクッ、と大賛成していた。

「レオンハルト様、ポテトサラダのケーキです」

ホールケーキを切り分けるようにカットして小皿に載せ、レオンハルト様に差しだした。

……ま、スプーンで可愛い王子の口に運ぶのは俺だけどさ。これ、俺の特権。

あむあむした後、目の星がさらに増えた。

「ターミ、ポテトサラダ。もっともっともっと」

「レオンハルト様、たくさん食べてね」

「おいちい。いっぱいおいちい」

レオンハルト様はポテトサラダに大興奮したし、料理長たちも忍んできた文官や女官たちも感激していた。

「ターミ様はジャガイモで何度奇跡を起こすつもりですか」

「ターミ様、フライドポテトも衝撃でしたが、ポテトサラダも……いくらでも食べてしまいます。止まりません」

「ジャガイモがこのように……このような形になってマヨネーズに……林檎や干し葡萄が入っているのも美味い。入っていなくても美味い……足りません……せめてもう一口」

ポテトサラダの追加に次ぐ追加。やんごとなき方たちからもポテトサラダのケーキの追加の注文がすぐに届く。

けどさ、あれ？　ポテトサラダを作っていたら、あっという間についさっき大量に搬入したジャガイモが消えた。あんなにあったのに？　げっ、夕食の準備、まだしていない……これ、料理長が火刑になって副料理長が絞首刑になるヤツ？

俺の背筋に冷たい物が走った瞬間、副料理長が埴輪《はにわ》色の顔で近づいてきた。

「ターミ様、陛下と宰相がお見えになります……たぶん、大神殿長も……」

「ポテトサラダは送っただろう。夕食はすっかり忘れていたけど、これから急ピッチで作るから待て……上手く誤魔化せ」

俺が夕食について言った途端、背後にいた料理長の顔色が変わった。ああこれ、あれだ、ポテトサラダで魔王トリオの夕食を忘れていたんだ。そういうところも嫌いじゃないよ、料理長。

「ターミ様、違います。王室御用達の商人から嘆願があったそうです。それにご同行される模様」

「……へっ？　王室御用達の嘆願？」

「王室御用達の商人のジーモンは金持ちのくせに礼儀正しくて優しくて誰が相手でも暴利を貪ったりしなくて……金持ちとは思えないぐらい真面目でいい奴なんです」

厨房で一番名前を聞く王室御用達の商人はジーモンだ。彼が搬入した食材に外れはない、って料理長は太鼓判を押している。今日も絶品のバターを搬入したのがジーモンだと知り、俺も感心したばかりだ。

「副料理長、金持ちが嫌いか？」

「……あ、す、すみません」

副料理長があたふたしたので、俺は同志愛を燃やした。

「気が合うな。俺も金持ちが憎い。これは単なるやっかみだ」

ガシッ、と副料理長の手を握った。

「ターミ様は大公なのに」

俺が首を思い切り振っていると、魔王トリオとともに王室御用達の商人が入ってきた。

中年オヤジのイメージがあったけど、まだ若いし、金髪の長身イケメンだ。この国は無駄にイケメン大渋滞。

「ターミ様、ご挨拶を省略させていただくことをお許しください。王室御用達のジーモンでございます。ロンベルク王国建国以来、王室御用達の名誉を賜り、ターミ様にも蒼天が頭上に落ちぬ限り、お仕え申し上げます」

ジーモンに恭しく膝を折られ、俺は腰が引けた。

「……は、はい、匠海です」

「王室御用達の名にかけ、このようなお願いをしたくなかったのですが……面目ございません。メンツにかけても、このお願いは……苦しい限り……」

ジーモンが今にも切腹しそうな……しないだろうけどそんな感じ？　俺も膝をついて視線を合わせた。

「どうされました？」

「当分の間、ジャガイモの奇跡は起こさないでください」

ジーモンの懊悩に満ちた声が響いた瞬間、料理長から料理人見習いまで納得したように声を漏らした。

驚いたのは俺だけだ。

「……へっ？」

「ターミ様がフライドポテトの奇跡を起こされた後、王都でジャガイモを手に入れることが難しくなりました。闇商人と闇ルートが暗躍する中、私どもは王室御用達の看板にかけ、正規のルートで手配し、待ち続け、本日、ようやく北から取り寄せたジャガイモを王宮に搬入したばかりですが、聖母様はすぐにポテトサラダの奇跡を起こされ……つい先ほど、私もご相伴《しょうばん》にあずからせていただきましたが……間違いなく、今後国内でジャガイモの手配が困難になります」

ジーモンが悲愴感を漲らせて捲し立てた後、宰相が穏和な声音で説明を加えた。

フライドポテト初日に貴族街ではジャガイモの買い占めが目立ち、平民の主食が奪われたという。各領地もいきなりジャガイモの需要が増え、供給できないそうだ。フライドポテトブームはロンベルク王国全域に電光石火の勢いで広まったらしい。闇商人が裏でジャガイモを売買するようになって、闇ルートが摘発されて犯罪者が増えたとかなんとか？

裏ジャガイモ？　戦後の闇米ならぬ闇イモ？　ヤバくね？

「……ジャガイモ危機？」

俺がやっとのことで脳内を整理すると、ジーモンは生気のない顔で肯定した。

「さようでございます。どうか、ジャガイモの増産の結果が出て、需要と供給のバランスが取れるまで、ジャガイモの奇跡はお控えくださるようお願いします」

ジーモンにまたまた頭を下げられ、俺は面食らってしまう。

「ターミ、許せ、民の糧《かて》を奪うわけにはいかぬ」

イケメン国王からも真摯な目で詫びられ、大神殿長にも祈るように手を合わされてしまった。

「ターミ様、ジャガイモは安価で平民の主食でございました。ターミ様の奇跡により、ジャガイモが高騰し、闇商人が目をつけ、民の食卓から主食が消えました」

「ターミ様、どうか広い心でお許しください。貧しき者にパンは遠い糧でございます」

「ターミ様、ジャガイモを暴力で買い上げる闇商人、ジャガイモを遅う盗賊は一人残らず捕まえます。ご容赦ください」

王族の最長老や王立騎士団の事務方トップにもトドメのように謝罪され、俺はコクコクと頷いた。別にジャガイモに拘っているわけじゃない。

「……わ、わかった……あ、余っている食材とか？　そういうので何か作ってみようか？」

俺が掠れた声で尋ねると、ジーモンがどこか遠い目で答えた。

「……今年は異常なくらいサツマイモが豊作です。同じイモでもサツマイモは余っています。ライスも大量に余っています。ライスミルク用に買い付けましたが、王宮でも王都でもライスミルクはあまり好まれません」

……サツマイモなら大学芋……あ、醤油がないからアウト……や、今、ライスって言ったよな？　……ライス……ライスミルク……ライス？　カレーライスのライスは米。筑波《つくば》山に登った時、先輩が豚汁とライスを注文して、豚汁と白いご飯から出てきた……あ、ライスって米のこと？

「……ま、待て。ライスミルク？　ライス？　つまり米のことか？　こめこめ？　お米のこめ？」

俺が声を張り上げると、ジーモンは驚いたように目を瞠った。

「ライスでございます。主に東方の国々で栽培され、食されています。隣国のテーヌ王国ではデザートとして食べられています」

俺と王室御用達商人の話を無言で聞いていた料理長が、横から大きな壺を二つ差しだした。俺は目と手で確認する。

一つ目の壺には玄米、二つ目の壺には精製された白米。

「米だーっ」

俺の主食、と俺はガッツポーズを取った。パンパンパンッ、と無意識のうちに料理長の背中を叩く。

「……ターミ様……それは聖なる舞踊でしょうか？」

みんながテンションMAXの俺に引いているが、そんなの気にしていられない。炊きたてのご飯に納豆に刺身に……醤油がないか。

「レオンハルト様、夕食は白いご飯に塩鮭……いや、レオンハルト様ならオムライスだ。最高に美味しいオムライスを作るぞ……あ、さっさと水に浸けよう。水ーっ」

テンションアゲアゲのまま白米を炊く準備をする。米と水の分量に不安はあるけれど、ふっくら炊けなければリゾットでもいい。要は米が食いたい。

「ターミ様があのように……舞われている？」

「ライスはターミ様にとって魔石のようなものなのでしょうか？」

「魔術省でライスの研究をしたほうがいいかもしれません」

誰かが何か言っているが構わない。俺のはしゃぎっぷりを見て、レオンハルト様が楽しそうに手を叩いて笑っているからどうでもいい。

「……で、陛下たち、ちゃんとメシは届けるから出ていってください。邪魔ですーっ」

退場、とばかりに俺はやんごとなき方に向かって出入口を差した。ヒクッ、と喉を引き攣らせたのは料理長たちだけど今さら。

イケメン国王は楽しそうに目を細めるし、大神殿長や宰相は口元を緩める。招かれざる客一行が出入口に向かって進みだした。

その瞬間、俺は大切なことを思いだし、ジーモンの上着の裾を掴んだ。

「……あ、ジーモンさん、御礼を言うのを忘れていた。いつも質のいい食材を仕入れてくれてありがとうございます」

いくら金に糸目をつけずに仕入れられても、いくら王室御用達の看板があっても、ここまで揃えるのは並大抵のことじゃない。前々から王室御用達の商人の力量には感心していた。

一瞬、厨房がし～んと静まり返る。

俺、そんなに変なことを言ったか？　言ってないよな？　ジーモンの琥珀《こはく》色の目がゆらゆらと揺れた。

「……め、滅相もない。そのようなお褒めの言葉をいただけるとは……っ……」

ジーモンは感極まったように口元を抑える。泣くまいと懸命に堪えているようだ。やんごとなき方々や料理人たちは彫刻のように固まっている。

「ジーモンさんが仕入れる食材には外れがない。野菜も肉も魚も調味料も穀物もすべていい。目利きの商人？　感心していたんだ。ありがとう」

俺がジーモンの手を握ると、厨房から感嘆の息が漏れた。「さすが、聖母様」と誰かが囁き合っているけど煩い。

「聖母様、これ以上の名誉はございません」

ジーモンに手を固く握り返され、俺は首を大きく振った。

「俺は聖母様じゃないけどありがとう」

「聖母様としか思えません」

ジーモンが潤んだ目で断言すると、厨房のあちこちから賛同の声が上がった。

それ、それなー、やめれ。そんなことより米だ。米なんだよ。ケチャップはないけど、トマトはあるからちょっと甘めのトマトソースでチキンライスだ。

ポテトサラダを出した後だから夕食の前菜はなくていい。国王トリオのポテトサラダの食いっぷりがすごかったし、メインがオムライスだから魚料理もサラダもなくていいかな？　料理長と夕食の献立を話し合って、魚介類のサラダと白いフォンをベースにした豆のスープを作った。

「……ご飯が炊けた。ちょっと柔らかいけど固くない……米だ……」

炊きたての米をつまみ食いしたら、俺の魂がうねる。胃袋が覚えている米の味には遠いけど、夢にまで見た米だ。

贅沢に鶏肉やオニオン、トマトを使ってチキンライスを作った。チーズを入れたのは、レオンハルト様が好きだとわかったから。

レオンハルト様は固形のチーズは嫌いだけど、とろとろのチーズは大好きなんだよ。チーズ嫌いなのにピザのチーズが好きな従姉を思いだして納得した。

じゅくじゅくの半熟卵のオムレツでくるむように添える。

「よしっ。至上のオムライス」

オムライスにトマトソースをかけると、レオンハルト様は物凄い勢いで平らげた。口の周りも髪の毛もケモ耳もトマトソースで赤いけど、拭くのはおかわりを食べ終えた後だ。

魔王トリオからもすぐに追加オーダーが入ったから気に入ったんだろう。

「とろとろの卵とトマトソースとライスが絡み合って美味い。ライスがこんなに美味いとは思わなかった」

「ライスはてっきりミルクで煮て食べるデザートだとばかり……美食家が多いテーヌ国でもこのような食べ方はしていない」

「美味いし、満足感がある。腹に溜まるから騎士団員の食事にいいのではないか？」

料理長たちから料理人見習いまで米の食べ方に驚いている。噂を聞きつけて忍んできた文官や女官たちも大絶賛。

「ライスはライスミルクとして飲むだけだと思っていました。感激ですわ」

「私の領地でライスは家畜の餌です。聖母様の巡り合わせに感謝します。ライスがこのように美味なるとは……」

周囲以上に、俺は久しぶりの米に大興奮。米があればパンはなくてもいい。俺の明日が見えた。

翌日、俺の身も心も米で染まっていた。けど、ピザを焼いた日に仕込んでいた葡萄酵母がいい具合になったんだ。どうしようかと迷ったけど、昼食はパンで夕食が米。今日も昼から夕方まで厨房に籠もらせてもらう。今では俺も王宮の料理人だ。

「レオンハルト様、俺はパンも米も食べたい。昼食だけじゃなくて夕食も厨房だ。いいかな？」

「ターミ、一緒。一緒なの」

俺はレオンハルト様と手を繋いで厨房に入った。いつしか、慣れ親しんだ厨房……なんだけど、ブラック企業の夜逃げ前に見えるのは気のせいか？

「ターミ様、私は黒ライスしか炊けません」

料理長がゾンビ顔で差しだした釜には無残にも黒い塊。

「ターミ様、ライスが焦げます。焦がさないように注意したら水っぽくなり……ターミ様のライスになりません」

副料理長が死霊の腸《はらわた》みたいな顔で差しだした釜には雑炊《ぞうすい》みたいな何か。

「ターミ様、私たちにライス料理は無理です」

料理人たちは同じ顔でいっせいに言った。見渡せば、作業台には焦げた米の山がいくつも並んでいる。トマトソースがかけられたおじやもあった。昨日の敗戦結果だ。

「……そ、そんなに思い詰めなくてもいいんじゃね？」

昨日のオムライス騒動で俺とレオンハルト様が退出した後もすごかったらしい。料理長たちは米が上手く炊けず、オムライスは断念したようだ。断わっても断わっても乗りこんでくる試食希望者に疲れ果てている。

「米と水の量をちゃんとしたら……あ、ちゃんと作ってもらおう。米ショックを忘れてください。今日はパンです。葡萄酵母でふっくらパンを焼きます」

密閉できるガラスの瓶で作った葡萄酵母を見せると、料理長の顔が引き攣った。パン職人は口を開けたまま固まっている。

「ターミ様、葡萄酵母？　葡萄の？　葡萄の……？　腐っているのではありませんか？」

「何も聞かず、葡萄酵母で作るパンがどんなものか知ってください」

どんなに言葉を尽くしても理解されないと思う。俺がここで学んだことは実践あるのみ。結果がすべて。

葡萄酵母を使って生地を第一次発酵させると、料理長たちは想定内反応。

「ターミ様、魔力を使わずしてこの膨らみはありません」

「ターミ様、魔力を使いましたね？　今度ばかりは真実を明かしてください」

パン酵母を使って第二次発酵して、ふんわりふかふかのロールパンを焼き上げる。バターの香りが厨房中に漂う。パン生地こねこねはレオンハルト様も手伝ったからケモ耳と尻尾がすごい。

オーブン代わりの魔導具から取りだした鉄板には俺が知るロールパンが並んでいる。絶対に美味いはず。

「これがパンです。ロールパン。焼きたてはバターをつけなくても美味いからまず食べて」

俺はドヤ顔で言ってから、レオンハルト様の大きく開いた口にちぎったロールパンを入れる。頬を真っ赤にしてあむあむあむ。

「……パン？　パンないない。パンないない」

レオンハルト様は首を小刻みに振ってから、パカッ、と口を開けた。俺は即座にロールパンを食べさせる。

「レオンハルト様、これがパンです。レオンハルト様が手伝ってくれたから、いつもより美味しく焼けました」

料理長や副料理長、パン職人たちは焼きたてのロールパンを無言で食べ終わる。申し合わせたように、ふたつめに手を伸ばした。ケーキを焼いた時と同じ反応だ。

「ターミ様、このふわふわ……パンではありません。ターミ様の奇跡のケーキですよね？」

「ターミ様、このふっくらほんのり甘い……ケーキに似ているようでケーキではなく……パンでないことは確かです。魔力を使っているとしか思えません」

葡萄を使った酵母の作り方を教える。わかりやすく説明したけれど、発酵ということ自体、料理長たちは理解できない。説明することを諦めた。実践あるのみ。

ロールパンと鴨肉のクリームシチューを食べ、デザートの苺のムースを楽しんだ。国王トリオからもロールパンの追加が繰り返される。匂いを嗅ぎつけて忍びこんできた文官や女官たちの騒ぎっぷりもすごい。王宮専属パン職人の落ち込みぶりもすごい。スカウトされた下町のパン屋だったから自信があったんだろうな。

「ターミ様、これをパンと言うなら、俺が今まで焼いてきたパンはなんですか？」

「酵母と発酵、マスターしてください。マスターしたら俺より美味いパンが焼けます」

俺はパン職人や料理長とともに、旬の葡萄で酵母作りをスタート。

まず、密封できる透明の瓶を煮沸消毒した。一見、ガラスの瓶だけど、マジ魔導具だから熱湯でも割れない。

葡萄と砂糖と水を瓶に入れる。きっちり蓋を閉めてから瓶を振りながら中身を混ぜる。蓋を緩めに閉め直す。

最後に窓辺で暖かいところに置いた。

「これで一日に一回から二回、蓋をきっちり閉めてから上下に振って中身を混ぜます。スプーンやフォークで混ぜないでください。指で混ぜるのは論外です。混ぜた後に蓋を開けて空気を入れて、酵母菌の活動を活性化させて、蓋を心持ち緩めに閉めてください。これを五日から六日、繰り返します」

俺の説明をみんな惚けた顔で聞いている。誰も信用していない。面と向かって反論しないのは今までの料理が美味かったから？

「……もう騙されたと思ってやってください。美味いパンを焼きましょう」

葡萄と水だけでも、ずっと放置するだけでも葡萄酵母はできる。けど、カフェのパン職人直伝《じきでん》のレシピのほうが美味しく焼ける。……と、俺は思っている。

「明日は仕込んでいた林檎酵母でパンが焼けると思います。葡萄と林檎、パンの種類によって使いわけたほうが美味しいと思いますから研究しましょう」

「ターミ様、私の理解を超えています」

「理解しなくてもいいから美味いパンを焼いてください。クロワッサンやデニッシュ、ブリオッシュ、シナモンロール、スパンダワー、レオンハルト様に食べてほしいパンがたくさんあるんです」

とにかく毎日、仕込んだ瓶を上下に振るだけだ。

10　誘拐されました。

翌日、予想通り、林檎酵母がいい感じになったので、コッペパンとブリオッシュを焼いた。レオンハルト様のこねこね手つきも頼もしくなったんじゃね？　背後の侍従長たちの応援……あれ、なんか、オヤジが好きだったアイドルの親衛隊みたいな応援になったような気が……微笑ましいからいいよな。

焼き上がった途端、厨房で歓声が沸き起こった。

「聖母様の奇跡、パンの奇跡ーっ」

「聖母様の奇跡が小麦にまで……今日も陛下や大神殿長たちから追加が繰り返される……何度、繰り返されるかわからないから注意しろ」

「王宮料理のルールを無視して、メインの鴨肉料理を出してからパンをお出しするのは？」

パンの焼き上がりを待ち構えていた文官や女官、警備兵も乗りこんできてパンを食べ、昨日以上の聖母コールが湧き起こる。

駄目だ、これは逃げるしかない。天気がいいし、花が綺麗に咲いているから、庭園のピクニックで決まりでしょ。白米も炊き上がったから鮭のおにぎりだ。

それから薄いスポンジを焼いて、生クリームとブルーベリーを混ぜて、くるりと捲いてロールケーキを作る。

「……ターミ様、それはなんですか？」

「……ケ、ケーキを捲きましたよね？」

副料理長や若い料理人が歯をガチガチさせている。料理長はパン籠を持ったまま立ち尽くしていた。

「ロールケーキだ。副料理長、見ていたでしょ。これは捲いて」

ほかの鉄板で薄いスポンジを二十枚ほど焼いている。やんごとなき方々に出した後、料理人たちが試食する分はあるはずだ。押しかけた文官や女官に奪われなければ。

「ターミ様、私には無理です。五十本ぐらい手本を見せてください」

「無理」

俺がコッペパンに切れ目を入れ、バターを塗り、マヨネーズで和えた卵やトマト、キュウリを挟んだら悲鳴が上がった。

「……な、何を？　何をしました？」

副料理長の腰がへなへなと揺れ、料理長はパン籠を落としそうになった。料理人だけでなく乗りこんできた上級貴族たちの口も大きく開いている。

「サンドイッチ」

「……サ、サンドイッチ？」

「この世界にギャンブル好きなお貴族様はいないのか？」

王宮にはカード遊びをしている宮廷貴族の絵が何枚も飾られていた。ポーカー好きのサンドイッチ伯爵がこっちにもいると思う。

「……いると思いますが……」

「じゃ、そのうち、サンドイッチを食べながらギャンブルするようになるかも」

「聖母様の予言ですか？」

「聖母様は禁句だ」

コッペパンのサンドイッチやブリオッシュ、ロールケーキと飲み物を侍従長の魔導具の特製鞄に入れてもらう。レオンハルト様もピクニックに大賛成だ。

「ターミ様、どこに行かれます？」

料理長に真っ青な顔で聞かれ、俺はレオンハルト様と手を繋いだまま答えた。

「天気がいいから外で食べたい」

「護衛を連れて行ってください」

料理長が手で差した先には、焼きたてのパンを取り合っている王立騎士団員たちだ。つい先ほどまで厨房の前で警備していた。

「イザークたちもいるし、大丈夫だよ」

俺の侍従長や侍従たちは全員魔力持ちだし、警備兵も腕利きを揃えてくれたと聞いている。なのに、料理長は険しい顔つきで首を振った。

「ターミ様付きの侍従と護衛だけでは危ないです。闇商人や誘拐団がターミ様を狙っています」

「……へ？」

俺は意味がわからなかったけど、イザークたちは思い当たったらしい。あーっ、ってみんないっせいに叫んだ。

「ターミ様は諸外国の王侯貴族、富豪にも狙われています。特にセルキーの王がご執心だと聞きました」

「……へ？」

俺の脳内がますます混乱したけど、イザークたちはパンを巡って熱き戦いを繰り広げている王立騎士団員たちに割って入った。

すぐ、一際《ひときわ》屈強な王立騎士団員をぞろぞろ引き連れてくる。

「外国の間諜も侵入して、隙あらばターミ様を誘拐しようとしているようです。我ら、青き泉魂の矜持にかけ、ターミ様を闇の泉に渡すわけにはいきません」

結局、迫力に負けて、イザークが選んだ精鋭を引き連れてぽかぽか陽気の庭園に出た。

俺はレオンハルト様と手を繋いで薔薇園に向かう。ちょうど秋咲きの薔薇が見頃らしい。第四王子の侍従や護衛たちも楽しそうだ。

お祖母ちゃんや伯母ちゃんたちの運転手と荷物持ちで何度も薔薇園には行った。けど、ここの薔薇園はスケールが違った。青空にも鮮やかな薔薇が咲いている。つる薔薇を上手く水晶のオブジェや彫刻に絡ませているんだ。生の薔薇の香りもいい。

花の女神像や妖精像が施された東屋のテーブルにおにぎりやサンドイッチを並べた。魔導鞄から淹れたての紅茶も出てくるからマジ便利。

俺はいつものようにレオンハルト様を自分の膝に載せた。

「レオンハルト様、あ～んして」

俺がおにぎりを薦めると、レオンハルト様は自分でも「あ～ん」って言いながら口を大きく開けた。周りの侍従たちの口も大きく開くから微笑ましい。第四王子と侍従たちはまとめて可愛いんだよ。侍従たちはお約束みたいにイケメンだけどさ。

「おいちい。おいちいよ」

「おにぎり。俺の故郷の味。ソウルフードです」

「おいちい。もっと」

ぱかっ、とレオンハルト様が元気よく口を開けたから俺はおにぎりを食べさせようとした……ら、横から風のように飛んできた青い風が食べた？　……いや、いきなり現われた青い髪の男が食らいついた。

パクッ。モグモグモグ、と咀嚼している若い男の目も髪も真っ青。王立騎士団の制服姿だけど、マントの肩のところが違う。ほかの団員よりゴージャス。

「……え？」

俺が手から消えたおにぎりに呆然としていると、青い髪と瞳の男は歴戦の勇者みたいな顔で言った。

「……もっと」

「……な？　だ、誰だ？」

青い髪と瞳なら王族だ。護衛の王立騎士団員たちより体格がよく、鋭い双眸がイケメン国王に似ている。……あ、第三王子か？　魔獣討伐で地方にいるんだよな？　俺が王家の第三王子を思いだした瞬間、護衛についていた王立騎士団員たちがいっせいに立ち上がり、騎士としての敬礼をした。

「……だ、団長？」

「ジークフリート様？　おにぎりを召し上がられましたから本体ですね？」

「ジークフリート殿下、どうしてこのようなところに？」

王立騎士団員や俺とレオンハルト様の侍従たちは慌てているけれど、ジークフリート様は真剣な顔でおにぎりを指した。

「美味いな。これが聖母様の奇跡の媚薬か？」

「……ちったい兄上？」

レオンハルト様が俺の膝で声を上げると、ジークフリートは不思議そうな顔で覗き込んだ。

「レオンハルト、泣かないのか？」

「……おっきい兄上、真ん中の兄上、ちったい兄上……ちったい兄上もおっきい」

ちったい兄上？　幼い末王子は歳の離れた三人の王子を幼いなりに理解しているようだ。三男坊の一番小さい兄上が一番身長が高くて逞しいけどな。

「俺の顔を見たら泣いていたのに、これが聖母様の奇跡か？　聖母様とやらはすごいな」

ジークフリートはレオンハルトの頭を大きな手で撫でた。

「おいちい」

レオンハルト様は小さな手でおにぎりを取ると、ジークフリートに差しだした。なんて、いい子なんだ。感心したのは俺だけじゃない。

「くれるのか？」

兄王子が驚いたように見開くと、弟王子は小さな手を振り回した。美味しい、って精一杯表現してくれているんだ。

「ターミの。おいちい」

ジークフリートは照れくさそうに笑ってから、豪快におにぎりにかぶりつく。満足そうに咀嚼した。

「あぁ、美味い」

「おいちいでちょ。いっぱいおいちい」

「……これが聖母様の媚薬か……今まで食らわされた媚薬とは桁違い」

テーヌ王国でもバーレイ帝国でも酒に盛られて参ったぜ、とジークフリートは笑い飛ばした。ビジュ良すぎのイケメン国王に似ているけれど、性格もムードもまるで違う。

「ターミの」

「ターミ？　珍しい。黒い髪と黒い瞳の子供か」

ジークフリート様にまじまじと見つめられて、思わず、俺は苦笑を漏らした。

「はい。匠海です。二十歳です」

「二十歳？　嘘だろう？」

ポロッ、と食べかけのおにぎりを落としそうになったが落とさない。ジークフリート様の反射神経に拍手。

「いくつに見えるかわからないけど二十歳です」

「俺より年上？」

「俺より年下なんですか？」

「あぁ、十九だ……それにしても美味い」

ジークフリートはおにぎりを平らげると、卵のサンドイッチに手を伸ばした。はむっ、と勢いよく齧りついた途端、スライスしたキュウリが落ちる。

レオンハルト様が手で拾って、ジークフリート様の口に入れた。

……この兄と弟、と俺が噴きだすのを堪えていると、イザークが心配そうな顔で口を挟んだ。

「ジークフリート様、このような時ですから、ご挨拶は省略させていただきます。……その、陛下に帰還のご挨拶をされたのですか？」

「した」

ジークフリート様はぶっきらぼうに言い切ると、ハムとチーズを挟んだサンドイッチに手を伸ばした。食べるスピードが速い。

騎士団長に触発されたのか、王立騎士団員たちもサンドイッチを食べだした。気持ちい食べっぷりだ。

けど、俺や第四王子の侍従たちの顔色は悪い。

「宰相や大神殿長にはご挨拶されましたか？」

イザークが鬼気迫る顔で詰め寄ると、ジークフリート様は手を振った。

「そんなくだらねぇことより、すっごい綺麗な黒い髪と黒い瞳の聖母様はどこにいる？

慈悲深くて淑やかで数々の奇跡を起こしても驕らない聖母様だ。我が国の救世主である聖母様。本当にいたんだな？　どこだ？」

それ、それなー、聖母様って俺のことだよな？　俺のことだと思うけど俺じゃない。俺の知らない俺が聖母様のコスプレをして一人歩きしているんじゃね？

俺はヒクヒクする顔を止められずに、レオンハルト様の口にサンドイッチを運ぶ。横目で見たら、王立騎士団員は頭を抱えている。……ように見えて、口はもごもご動いている。食べながら悩んでいる感じ？

「ジークフリート殿下、目の前にいらっしゃいます」

イザークがきりっとした顔で言い切ると、第三王子のイケメン面が歪んだ。

「……え？」

「ターミ様が数々の奇跡を起こした聖母様です」

イザークの手の先は俺。

第三王子の信じられないといった視線の先も俺。

「……これが？」

その瞬間、目の前を虹色の蝶がひらひらと飛んでいった。

「……こ、これとはなんですか。いくらジークフリート様でも口が過ぎます」

イザークは激怒したけど、俺は宥めるように背中を叩く。

「噂とはだいぶ違う……けど、媚薬の噂は真実。美味い。外国の間諜が団体で侵入した理由がよくわかる」

警備が甘い、とジークフリートは勇猛果敢な騎士の目で俺付きの護衛たちに注意した。

「その奇跡の料理はターミ様がお作りになりました」

「媚薬が美味すぎる。足りない」

ジークフリート様は右手におにぎり、左手にサンドイッチを持ち、交互に食べ続ける。食べ終えたら、ブリオッシュとロールケーキだ。マナーが完璧な第一王子や第二王子の弟とは思えない。厨房でも自由奔放な第三王子の噂は聞いた。危険な魔獣を狩りまくる無双の騎士団長に感謝していた。第三王子に故郷を守ってもらった料理人もいる。

「ジークフリート様、媚薬じゃないけど、厨房に行けばまだ作れますよ。ずっと魔獣討伐でお疲れでしょう。お好きな物を作りますから教えてください」

武闘派ならガッツリ肉食のはず。サンドイッチやおにぎりじゃ物足りないっしょ。牛肉のステーキにガーリックバター、デミソースをかけた仔牛のカツレツ、絶対に好きじゃね？

「……お前、聖母様に見えないけど聖母様なんだな」

ジークフリート様に感心したように見つめられ、イザークたちが誇らしそうに鼻を鳴らした時、虹色の薔薇のアーチの向こう側から張り裂けそうな声が響いてきた。

「ジークフリート様、こんなところにいらっしゃったのですか。王太子立礼のお話は終わっていませんーっ」

「ジークフリート殿下、陛下や大公たちがご立腹です。早くお戻りくださいーっ」

「ジークフリート様、次期国王の自覚をお持ちくだされ。ジークフリート様が逃げ続けなければ、陛下も我らも思い悩むことはございませんでしたーっ」

上級貴族たちが王宮マナーをかなぐり捨ててこちらに向かってダッシュしている。

「……やべっ」

ジークフリートはブリオッシュとロールケーキを手にした体勢で青い瞳を虹色に変えた。

ピカッ、と周りが虹色に光る。

同時にこちらに迫ろうとしていた上級貴族たちが虹色の竜巻で消えた。

これ、ほんの一瞬の出来事だ。

ゴクリ、と誰かが息を呑む。なんてことを、と誰かが唸っている。殿下、と誰かが咽び泣いている。

「………あ、あ、今、王太子って？」

俺がやっとのことで声を出すと、イザークたちが同時に頷いた。第三王子の次期国王内定は周知の事実？　膝の第四王子は天使の笑顔でブリオッシュをあむあむ。

「俺は国王になる気はないのにしつこい。レオンハルトに継がせろ」

ジークフリートが吐き捨てるように言うと、第四王子の侍従長が口を挟んだ。

「レオンハルト様は獣人国の次期国王に望まれています。拒絶は開戦を招きます。ご存じのはず」

「任せろ。戦さには必ず勝つ」

ズボッ。

おにぎりをジークフリート様の口に勢いよく突っ込んだ。俺の手は勝手に動いていた。さらに口も勝手に動いた。

「戦争反対。絶対に駄目です」

俺や第四王子の侍従たち、護衛の王立騎士団員たちは石化した。空で舞っていた黄金色の鳥は称えるように鳴く。

「……っ……っ……美味い」

ジークフリート様は米粒をポロポロ零しつつ、美味しそうに咀嚼した。怒っているようには見えない。俺も謝る気にはれない。仮にも第三王子がそんなことを軽く言っちゃ駄目だ。

俺の気持ちが通じたらしく、イザークが切々とした調子で語りだした。

「……だいぶ前から国王陛下や宰相はジークフリート様を王太子にすると決められ、準備を整えていました」

「第三王子はわざとやんちゃをして先代国王に王位継承権を取られたって聞いた」

「本来、一度でも王位継承権を剥奪されたら国王即位は不可能です。……建国以来の掟を破りますから多くの儀式が必要なのですが、ジークフリート様は魔獣討伐を理由に王宮に戻らず、ありとあらゆる手を駆使して逃げ回られていました。挙げ句の果てには、王族離脱も辞さない、とジークフリートは宣言され……陛下が思い詰め、聖母召喚に踏み切ったのです」

イザークは苦しそうな顔でつらつらと言い連ねた。ほかの侍従や王立騎士団員たちの表情も渋い。俺は大神殿長が第三王子に鬱憤を溜めていたわけがよくわかる。

「今日、ようやく戻ってきたんですか」

「ターミ様のおかげです」

イザークが言った途端、周りの男たちも同意するように相槌を打った。王立騎士団員たちはお祈りのポーズ。

「はい？」

「ターミ様の数々の奇跡に興味を持ち、確かめるために帰還したのです。陛下や宰相たちは王太子立礼の準備をして待ち構えていたところ……だと思います」

イザークの視線の先は虹色の薔薇のアーチの向こう側だ。第三王子の竜巻によって一瞬で消えた上級貴族たちはどこに行った？

「ジークフリート様、逃げちゃ駄目だろ」

パンッ、と思わずジークフリート様の頑丈な背中を叩いた。

「絶対にいやだ」

米粒を頬につける第三王子がどこぞのやんちゃ坊主に見える。小さな指で米粒を取る第四王子のほうがずっと大人じゃね？

「テッペン目指して大戦争はどこでもあるのにどうして？」

俺が素朴な疑問を投げると、ジークフリート様のイケメン面が派手に歪んだ。全身から拒絶感が発散される。

「国王はしんどい。亡き父上も兄上も毎日朝から晩まで国のことを考えている。国民を幸せにするためにピリピリしているんだ。俺には無理」

冷たそうな魔王の真実を知り、俺はポロリと零した。

「確かに魔王はマジ名君だ」

「魔王？」

「……あ、空耳です」

「あれは魔王じゃない。大魔王だ」

ジークフリート様がニヤリと口元を緩めた時、俺は反射的にコクリと頷いた。

「わかります」

俺や第四王子の侍従たちが低く唸った時、春の妖精像の後ろから聞き覚えのある声が聞こえてきた。

「ジークフリート、戻りなさい」

純白の薔薇の垣根越しに麗しすぎる大神殿長がいた。宰相や王族の最長老も水晶の杖を手に迫っている。魔術省長官が構えている盾は強力な魔導具のようだ。魔術省直属の魔術師たちもそれぞれ盾や矛に見える魔導具を構えている。

「魔獣を確認した。直ちに討伐に向かいますっ」

ジークフリート様は大声で叫びながら俺を抱き上げた。

……え？

俺の視界が変わる
俺の膝にいたレオンハルト様がぎゅっ、としがみついた。

「ジークフリート様、おやめくださいーっ」

「……こ、この痴《し》れ者っ」

虹色の風に乗って誰かの絶叫が聞こえた。

ほんの一瞬で潮騒が聞こえる。潮の匂いもする。風も王宮の風じゃなくて銚子の風……いや、犬吠の風じゃなくね？　……あ、犬吠に似た海？　崖の下、あの岩のゴツゴツはマジ犬吠埼？

「……え？」

目の前には長身の第三王子、腕の中には可愛い第四王子。

「……お、レオンハルトもついてきたのか」

ジークフリート様はきょとんとしている末王子に気づいて不敵に笑った。なんか、怒る気力も出ない。

「……そりゃ、俺の膝にいたから」

「ターミ、媚薬、頼む」

俺のメシは食いたいけど、イケメン国王たちには会いたくないし、王太子にもなりたくない、って感じ？

「……まず、説明してください。ここはどこですか？」

「海の近く」

ジークフリート様の親指は崖の向こう側、どこまでも果てしなく続く海だ。真っ青な空には白い雲が浮かび、カモメが飛んでいる。改めて見ても犬吠埼を連想させる海辺だ。

「……海……それはわかっています」

今、俺たちが立っているところは灯台に続く店が並んだ犬吠埼のスポットみたいな？　灯台の前の白い郵便ポストには『郵便は世界を結ぶ』って書かれていたけど、異世界とも結ばれていたのかな？

「鶏の唐揚げとかフライドポテトとかハンバーグとか、奇跡の媚薬を確かめたい。王宮の厨房じゃない厨房で作ってくれ」

「ジークフリート様がそうやって逃げ続けたから、聖母召喚になったみたいですよ」

こいつのせいなんだよな。こいつがおとなしく王太子になっていれば魔王トリオが血迷うこともなかった。今頃、俺はお祖母ちゃんたちと一緒に犬吠埼でかき氷や削り苺や醤油ラテ……。

「聖母召喚を聞いた時、嘘だと思った。俺を連れ戻すための罠だとしか思えなかった」

兄たちを知っているだけに、やんちゃな弟は深読みしたのかも……って、考えていたら、大きな岩の陰から小さな子供を連れた若い夫婦が現われた。小さな子供は真ん中で両親に両手を握られて、跳んだり跳ねたり、ぶら～ん、とぶら下がったり。

レオンハルト様の羨ましそうな顔を見て俺の胸も疼いた。全俺でわかる。俺も子供の頃、両親の真ん中で甘える幼馴染みが羨ましかったから。

「……ジークフリート様、レオンハルト様と手を繋いでください」

俺はレオンハルト様の右手をぎゅっ、と握った。レオンハルト様の左手はやんちゃな兄上に任せる。

「……あ？　……あぁ」

ジークフリート様もすぐに気づき、小さな末弟の手を力強く握った。それだけでレオンハルト様の耳と尻尾が嬉しそうに揺れる。ひょっとしたら、両手を繋がれるのは始めてかもしれない。

「……きゃはっ……きゃははっ……わ～い……」

レオンハルト様は目の前の子供と同じように両足を曲げ、俺とジークフリート様の手にぶら下がった。

「レオンハルト、いい顔で笑うようになったな」

ジークフリート様と俺はタイミングを合わせ、孤独な王子を引き上げる。

「わ～い、もっともっともっと～っ」

レオンハルト様の声もケモ耳も尻尾も最高に幸せそうだ。俺も王宮にいたら、この開放感は味わえなかった。潮騒は銚子もロンベルクも同じ。

「レオンハルト様、海ですよ。カモメもいます」

「カモメ？　おいちいの？」

「……んんん？　カモメの味？」

俺が返事に迷っていると、ジークフリート様はレオンハルト様の手を強く握り直しながら目の色を虹色に変えた。周りの風も変わる。

「カモメ料理は今度。行くぜ」

俺の視界が一瞬で変わった。


パネェ、第三王子の魔力。

声を上げる間もなく海辺からどこかの屋敷の大きな部屋に移動した。天井とか壁とか調度品とか豪華だけど、王宮ほどではないからどこかのお屋敷？　お貴族様の別荘って感じ？

「ターミ、オムレツとクレープの奇跡から食わせろ」

ドンッ、とジークフリート様が壁を叩いた拍子にわらわらと王立騎士団員が顔を出した。

王宮にいた騎士団員はひとりもいない。ジークフリート様に従っていた団員たちっていうか幹部クラスじゃね？

全員、凛々しく俺に敬礼。

「……ジークフリート様の部下……の皆さんですね？　止めないんですか？」

俺が呆れ顔で聞くと、騎士団長補佐だと名乗った騎士が毅《き》然《ぜん》とした態度で答えた。

「我らが騎士団長は止めても無駄です」

「ターミ様、俺たちも奇跡の媚薬が食べたい……あ、すみません。つい本音が」

ケモ耳の騎士が堂々と途中まで言いかけ、はっ、と気づいて口を押さえる。俺の口は開いたまま塞がらないけど、騎士団長は精悍な顔つきで誉め称えた。

「デニス、お前の取り柄は正直なところだ」

「はいっ。王宮に詰めている奴らが絶賛していた唐揚げやケーキやうどんやパスタや牛肉の赤葡萄酒ソースや……食べるまで死にたくないです。食べないと魔獣と戦えませんっ」

銀色のケモ耳と尻尾に負けた。そんな感じ。

「……俺、同じ料理ばかり作っていると飽きます。新しい料理を作ります。それでいいですね？」

「美味ければいい」

ジークフリート様は個人で極秘に所有している別荘だと言った。貴族街ではなく、平民の居住区だという。海に近く、市場にも近く、魔導具や武器を製造する魔術師も多く住み、便利な場所らしい。率いていた王立騎士団員の大半は王宮に留まっているという。一緒にいるのは団長補佐を含め精鋭の一個小隊。

「……うわ、意外に揃っている……や、なんでも揃っている？」

別荘の管理人に厨房に案内されて、冷蔵庫やオーブン代わりの魔導具もあるから感心した。鍋や皿の種類は少ないけれど充分。

「サポートさせてくださいい。王立騎士団の食事係ですが、できるのはイモの皮剥きぐらいです」

デニスと呼ばれていたケモ耳のイケメンがエプロンをしながら横に立つ。王宮の厨房でケモ耳の料理人はひとりも見なかったから珍しい。

「イモの皮剥きしかできないのにどうして食事係?」

「くじ引きで外れを引きました」

デニスのケモ耳や尻尾が悔しそうにふるふるしている。日頃、ケモ耳と尻尾に囲まれていると、同じふるふるでも感情によって違うとわかるようになった。

「くじ引きで食事係を決めるのか?」

「誰もやりたがらないからです」

「なんで?」

俺は首を傾げながら大人用のエプロンを小さく巻き込み、バンザイをしているレオンハルト様につけた。ここでも可愛い王子は手伝う気まんまん。

「騎士団はそういうところです」

「……ま、ジャガイモはない……あ、サツマイモがある。スイートポテトがいいかな」

どっしりとした作業台の大きな籠にはサツマイモや南瓜、栗がある。きのこもジロールからポルチーニ、黒トリュフなど、東京では涙を呑んで諦めたきのこが籠に山盛り。

「スイートポテト？」

「……いや、武闘派ばっかりだからスイーツは食べないか？　酒のほうが好きかな？」

ジークフリート様も見上げなければならない大男だけど、側近には二メートル超えの大男が何人もいた。二〇センチとは言わない。一〇センチぐらい寄越せ。

「騎士団長以下、みんな酒飲みですが、聖母様の奇跡の媚薬はなんでも味わいたい。お願いします」

「じゃ、デニス、聖母様呼びは禁止だ」

最初が肝心、って釘を刺してから俺は水場で野菜を洗った。

媚薬と評判が高いマヨネーズを大量に作り、キュウリやニンジンをスティック状にカットする。ガラスのグラスにスティック野菜を差し、大きなガラスの器には青菜やスライスオニオン、トマトを盛った。レタスをちぎるのもトッピングの胡桃を砕くのも担当はレオンハルト様だ。

「レオンハルト様、上手～っ」

俺が褒めるとレオンハルト様の笑顔が弾ける。厨房と隣接している大部屋にジークフリート様たちは集まっていた。イケメン騎士集団なんだけど、むさ苦しい男所帯に見える。

レオンハルト様はスティック野菜を差したグラスをよちよちとテーブルに運ぶ。

「ちったい兄上、どうぞ」

レオンハルト様がにっこり笑うと、ジークフリート様は爽やかな笑顔を浮かべた。

「レオンハルト、ありがとう。すっげぇ美味そうだな」

「ターミ、いっぱいおいちい。おいちいの」

レオンハルト様が王宮でいるよりのびのび……声も笑顔も弾けているような気がする。

侍従長たちが心配していると思うけど、レオンハルト様が楽しそうだからいいんじゃね?

俺って甘いかな?

ジークフリート様一行はマヨネーズに雄叫びを上げた。

「うぉぉぉぉぉぉぉ～っ、これが噂の媚薬だ。鳥の餌が鳥の餌じゃない」

「うぉぉぉぉぉぉーっ、これじゃ、聖母様誘拐計画が企《くわだ》てられても当然だ」

「兄上もたまには役に立つ」

勝手にいろいろほざいているけど気にしたら負けだ。

新鮮な魚があるから、俺としては魚のスープかムニエルを作って食べたい。けど、武闘派には魚より肉だ。野菜や卵でどんな凝った料理を出しても満足しない。幸い、鶏肉も牛肉も原型不明の状態だから料理できる。

「肉、三本勝負。まずは鶏の唐揚げ」

絶対に好きだと思う鶏の唐揚げを大量に揚げた。ガーリックを利かせた唐揚げと利かせなかった唐揚げの二種類。

ほんの一瞬で消えた。あんなに揚げたのにどうして一瞬？

「ターミ、鶏の唐揚げ、美味い。奇跡だな……足りない。頼む」

ジークフリート様は子供みたいな顔で空になった大皿を差した。

「……あ、あぁ…………」

鶏の唐揚げの追加に、豚肉の天麩羅《てんぷら》も揚げた。これだけ大量に揚げたらいくらなんでも足りるよな？

俺の読みは甘かった。鶏の唐揚げも豚肉の天麩羅も一瞬で武闘派集団の胃袋に消えた。王立騎士団員の胃はブラックホールか？

「ターミ、鶏の唐揚げも豚肉の天麩羅も足りない。頼む」

「……胸焼けしないのか？」

「足りない」

ジークフリート様はイケメン顔で言い切ってから、赤葡萄酒を飲み干した。テーブルの下には白葡萄酒と赤葡萄酒の空きボトルが一本、二本、三本……七本も転がっている。別荘の管理人は慣れているらしく笑顔で新しい酒を運んできた。

「……わ、わかった。鶏肉も豚肉もある……っと、……え？　どこの子だ？　こんな小さな子が王立騎士団にいたのか？」

俺はジークフリート様の隣に男児と女児が座っていることに気づいた。ふたりとも真剣な顔で鶏の唐揚げを食べている。

「あぁ、誰かの子だろ？」

ジークフリート様は隣の子供たちに気づいていた。けど、素性を知らないようだ。やばっ。

「……だ、誰かの子供？　誰の子供ですか？」

俺は慌てて子供たちの顔と屈強な騎士団員たちの顔を見比べた。別荘の管理人は下級貴族の独身男性だ。お約束のようにイケメン。

「俺たち、団長の魔獣討伐に従っているうちは全員独身だと思います。団長補佐とデニスは婚約者にフラれました」

二メートル超えの騎士団員にあっけらかんと言われ、俺は子供たちを見つめ直した。

「……え？　じゃあ、どこの子だ？」

「聖母様、いつの間に産んだ？」

「おう、聖母様の子供か？」

アルコールが回った大男たちの相手はしていられない。俺は子供たちの前に立ち、視線を合わせた。

「どこから来たの？」

七歳か、六歳か、レオンハルト様より大きいことは確か、と俺は足元にぴったり張りついているレオンハルト様と栗色の髪の男児を見つめる。

……あれ？　誰かに似ている。誰だ、と俺が食い入るように見ていると栗色の髪の男児は笑顔を浮かべた。

「ディー」

「……え？　ディー君？　可愛いね」

「エレ」

ディーと名乗った男児は隣で唐揚げをあむあむしている女児を差した。レオンハルト様と同じぐらいに見える。

「この子がエレちゃん？」

俺が覗きこむと、栗色の瞳がきらきら輝き、レオンハルト様に向かって手を伸ばした。

レオンハルト様も小さな手を伸ばす。

幼い子供同士、何か通じるものがあるのかな？

チュッ、とエレちゃんが笑顔でレオンハルト様の頬にキスした。レオンハルト様もエレちゃんに頬にキスしている。

ぐいぐいぐいっ、とディー君は俺のエプロンを引っ張った。

「ディー君、それはよかった。パパやママはどこかな？　ここには誰と一緒に来たのかな？」

「もっと欲しい。鶏の唐揚げも豚肉の天麩羅も美味しい。マヨネーズも美味しい」

「美味しい？　よかった……で、お父さんとお母さんは？」

「ターミ、美味しい」

「もっと欲しい。もっと。とっても美味しいからお嫁さんにしてあげる」

チュッ、とディー君に頬にキスされた瞬間、武闘派集団から喝采が湧き起こった。ジークフリート様は杯を高く掲げる。

「……お、坊主、その気持ちはよくわかる。ターミが女だったらプロポーズしていた」

「俺もターミが女だったらプロポーズしていた。美味い」

駄目だ。話にならない。某お堅い仕事連中の忘年会と一緒。

「……酔っぱらい、煩い。待っていろ。もっと作ってくる」

揚げ物で満足しないなら米を食べさせればいいのか？　体育会系は『米を食べないと食った気がしない』って口を揃えた。米を炊く準備はしているけれど、おにぎりを握る手間暇はかけられない。

マッシュルームやポルチーノなどのきのことグリーンピースでガーリックピラフを炊き、ミディアムレアで焼いた牛肉のカットステーキを載せた。厚切りがポイントだ。ガーリックバターのソースをかけ、刻んだパセリを散らす。

「デニス、皿に盛るより釜で運んだほうがいい。各自、自分で釜から取るように」

「あぁ、騎士団の野営ではいつもそうですよ」

デニスは大きな釜を軽々と持ち、すたすたと歩いていった。テーブルの下に転がる酒瓶はあっという間に増えている。

あいつらいったいどんだけ飲む気だ？

次はミートパイとサツマイモと干し葡萄のパイを二種類同時に焼いた。あえて見目は同じだ。

「ミートパイとサツマイモと干し葡萄のパイです。同じパイでも中身次第で食事系とスイーツ系になる。自由自在に……聞いていませんね？」

食生活改善のために説明したけど、誰一人として聞いていない。ディー君やエレちゃんも大食らいの大男に溶けこんでガツガツ食っている。レオンハルト様はカラリと揚げたサツマイモのチップスを運び、ジークフリート様や補佐たちの口に入れていた。

「……媚薬って美味い」

「味は違うがどっちも美味い……サツマイモってこんなに美味かったのかよ。初めて知った」

「俺、貧乏貴族の六男ですから毎食焼いたサツマイモかジャガイモでした。二度と食いたくないと思っていたサツマイモがこんなに美味いなんて……これが聖母様の奇跡か……」

武闘派騎士たちもようやく満足したのか？　一息つこうとした矢先、頬に米粒をつけたディー君にエプロンの裾を引っ張られた。

「ターミ、アイス食べたい」

「アイス？　ディー君、アイスを知っているの？　誰から聞いたのかな？」

「アイスくれたら教えてあげる」

可愛い男児は小悪魔っぽい笑みを浮かべ、交渉を持ちかけてきた。幼いけれど、侮《あなど》れない。隣のエレちゃんはサツマイモチップスをパリパリ。

「アイス作りたいけど、氷の魔術を使える料理人がいないからな」

冷凍庫はあるから明日になるかな、と俺が考えていると、デニスに軽く肩を叩かれた。

「俺、氷と火、どちらも使えます」

「デニス、あぁ、それならアイスはすぐにできる。待っていてね」

俺はデニスやレオンハルト様を連れて厨房に戻った。バニラビーンズはないが、アイスクリームの材料はすべて揃っている。

「レオンハルト様、どんなアイスがいい？」

「ターミのアイス。ターミの。ターミのどれもおいちい」

「……じゃ、定番中の定番と旬のアイス、二本立て」

ミルクアイスクリームと栗のアイスクリームを作って、大皿にてんこ盛りにする。レオンハルト様が小さな手で胡桃を砕いてトッピング。

俺もアイスクリームが食べたくなって、ミルクアイスクリームにブランデーを垂らして食べた。

「ターミ、そんな食べ方があるのか」

ジークフリート様やほかの騎士団員たちが目を丸くしている。スイーツと酒の組み合わせを想像したこともなかったみたいだ。

「果実酒を垂らして食べると美味しい。さっき焼き上がったパウンドケーキに酒を染み込ませたから明日には……って、レオンハルト様とディー君とエレちゃんは駄目だよ。大きくなってから」

俺を真似て、レオンハルト様やディー君、エレちゃんまでミルクアイスにブランデーを垂らす。慌てて止めたけど、阻めたのは王宮育ちの第四王子様と人形みたいに可憐なエレちゃん。

「いいの～っ」

ディー君はブランデーを垂らしたミルクアイスをパクリ。一口食べた直後、俺はミルクアイスを取り上げた。……その、取り上げた時には栗色の髪と瞳が青くなっていた。

「……え？」

俺の目がおかしくなった？　ゴシゴシ、目を手で擦ったけど、周りの騎士団員たちの顔を見れば俺の目は正常だ。

「……あ、あまりにも美味しすぎて変身が解けちゃった。返してよ」

ディー君はあっけらかんと言うと、ミルクアイスクリームを取り戻そうとする。

「……あ、青い……あおいはあおいのごもんの水戸黄門……のぉぉぉ、王家直系の青？　ジークフリート様の隠し子ですか？　……誰かに似ていると思ったらジークフリート様に似てる？」

はっ、と気づいてディー君とジークフリート様の顔を交互に眺めた。騎士団員たちにしてもそうだ。

「……お前、セルキーだろ……あ、兄上の子か？」

ジークフリート様は鋭い目を細めながら、ディー君の顎に手をかけた。

「荒くれ王子って噂の叔父上だよね？」

ディー君は生意気な目で言うと、ジークフリート様はニヤリと口元を緩めた。

「ディートフリートか？」

「うん。フリートヘルム九世が召喚した聖母様の奇跡の料理を聞いて……食べにきたの。アイスもパイもたくさん欲しい。もっと食べたい」

ディー君に青い目でおかわりされても、俺の脳内はイージス艦が難破しそうな大嵐。

「……え？　あの魔王に息子がいたのか？」

魔力が強すぎてお妃様が妊娠したまま亡くなっていたはず、と俺はイケメン国王の悲痛な過去を思いだした。イケメン国王は子作りどころか結婚も拒んでいる。

「セルキー王女が兄上の初恋……逃げられて、セルキー王を激憤させて、さんざんだった」

ジークフリート様がどこか遠い目で言うと、武闘派集団がコクコクと頷いた。魔王の初恋話はみんな知っているみたいだ。

「セルキーってアザラシの妖精だったよな？」

俺が歯切れの悪い声で聞くと、騎士団長補佐が興奮気味に答えた。

「セルキーは美男美女ばかりです。一目でも見たら恋せずにいられない。私の初恋相手もセルキーでしたがあっさりフラれました。陛下は一時でもセルキー王女を妻にしたからご立派です」

「俺の初恋相手もセルキーでしたが相手にしてくれませんでした。俺の姉上はセルキーに弄ばれて捨てられました」

セルキーは美貌の一族だという。セルキーに一目惚れで恋をした男たちが多い。けれど、みんな揃って切ない結果を迎えていた。セルキーに恋をしただけ失恋みたいな？　惨敗記録更新中の中、イケメン国王はセルキー王の愛娘を妻にしたから快挙？

「フリートヘルム九世がママに一目惚れしたの。ママ、いやになったんだって」

ディー君が膨れっ面で言うと、デニスが早口で説明してくれた。フリートヘルム九世は一目で恋をしたセルキー王女を妻にした。けど、いきなりセルキー王女は赤ん坊のディートフリートを連れてセルキーの海へ帰ってしまった。以後、なんの連絡もないという。両国の関係も悪化した。

「ディートフリート、真面目一徹の兄上の初恋だ。息子ならわかってやれよ」

ジークフリート様は宥めるように肩を抱いたが、ディー君ことディートフリート様は俺にスプーンを振り回した。

「ターミ、もっとアイス」

「……ディー君……っと、ディートフリート様……」

「ディー君がいい。ディー君って呼んで。ターミ、おかわり、もっと」

俺がリアクションする前にジークフリート様が荒い語気で言った。

「おい、ディートフリート、セルキー王やセルキー王女のママにちゃんと断わってきたんだな?」

ディー君の母親がセルキー王女ならば祖父はセルキーの王だ。魔獣が一気に増えた理由は、セルキーとロンベルク王国の交友関係が崩れたからだと聞いている。原因を尋ねても教えてくれなかった。原因はイケメン国王のこじれた初恋だったのか。……納得。

「大丈夫」

「ママがブチ切れる前に帰れよ」

「荒くれ王子もママが怖いの？」

ディー君が可愛い顔で煽るように言うと、ジークフリート様は苦笑を漏らした。

「当たり前だ。お前のママはセルキー王も手を焼くはねっかえりだ」

セルキー王女は怖い者知らずの荒くれ王子も畏怖する相手らしい。

「びっくり」

「……こいつ」

ジークフリートは不敵に笑いながらディー君の頭を撫でた。長い間、会っていなくても血の繋がった叔父と甥だ。俺は本当の息子みたいに可愛がってくれた叔父たちを思いだした。思わず、明日用に焼いたパウンドケーキを出してしまう。卵白を泡立てず、ドライフルーツやナッツを混ぜたどっちゃりタイプだ。レオンハルト様用だから酒は染みこませていない。

「そのまま食べても、アイスと一緒に食べても美味しいよ」

俺が言った通りの食べ方を試すディー君が可愛い。レオンハルト様もエレちゃんも。

騎士団員たちは空き瓶を抱えて寝ている。鼾《いびき》が煩い。

「俺、酒飲んでいないのに酒臭い……あいつらのせいだ……」

酒臭いから風呂に入りたい。レオンハルト様の耳や髪、尻尾も酒の匂いが染みついたから洗いたい。レオンハルト様の風呂ってどうしているんだ？　俺が四歳の頃、お祖母ちゃんかお祖父ちゃんと一緒に風呂に入っていたよな？

「レオンハルト様、俺と一緒にお風呂に入る？」

俺が屈んで尋ねると、レオンハルト様は笑顔全開で飛び跳ねた。

「ターミ、一緒。一緒なの～っ」

エレちゃんは眠そうにして、天蓋付きの小さな寝台に横たわっている。俺も女児を風呂に入れることは無理。

「ディー君、お風呂はどうする？」

「僕も一緒。楽しい～っ」

俺はレオンハルト様とディー君、男児二人と一緒に入浴する決心をした。一人じゃ無理だ。

「ジークフリート様、サポートをお願いします」

俺はタオル代わりの布を第三王子に渡し、バスタブの外で待機させる。デニスが腹を抱えて笑っているけれど気にしない。……気にしていられないんだよ。

レオンハルト様はいい子だし、ディー君も手はかからない。なんとかなるもんだ。大きいバスタブだから子供二人一緒でもゆったり。

「……叔父と甥……そういえば、今さらだけどレオンハルト様が叔父でディーくんが甥？」

お湯でばしゃばしゃしているディー君より、俺にぴったりしがみついているレオンハルト様は小さい。

「そうだよ。僕の年下の叔父上」

ディー君は無邪気に笑うと、ペロリとレオンハルト様の鼻先を舐めた。くふふっ、とレオンハルト様が笑う。

「うわ……先代様は孫より若い息子を作ったのか」

オヤジも今から俺の弟か妹を作ってくれ。お継母さん、頑張れ、と俺は銚子の家族にエールを送る。

「……あ、レオンハルト様、ここで寝ちゃ駄目、溺死……そろそろ眠いのかな？」

ぱしゃっ、と水音がしたと思ったらレオンハルト様が湯面に顔を突っ込んだ。ディー君が小さな手で起こす。

「ジークフリート様、レオンハルト様たちを出します。風邪をひかせないように早く拭いてくださいーっ。優しく、優しく拭いてくださいよーっ」

俺が大声で呼ぶと、ジークフリート様とデニスがタオル代わりの布を手に現われた。レオンハルト様からひとりずつ渡す。

ディー君の髪の毛を拭いていると、デニスにしみじみとした口調で言われた。

「ターミ様、聖母様に見えないけど聖母様ですね」

ジークフリート様まで神妙な顔つきで相槌を打ったからわけがわからない。けど、ディー君が悪戯っ子の顔でバタバタ暴れるから構っていられない。風邪をひかせない。今はそれのみ。


パジャマはないから、ジークフリート様の絹のインナーを借りた。レオンハルト様やディー君たちも。エレちゃんは天蓋付きの小さな寝台で安らかな寝息を立てていた。

「ディー君、本日の営業は終了しました。アイスもケーキもパイももうない。明日だ」

天蓋付きの大きな寝台に俺と男児たちが三人並んで寝る。護衛としてジークフリート様が寝室の長椅子で寝るというから寝台に呼んだ。大きな寝台は四人並んでも余裕。

「レオンハルト様、おやすみなさい」

レオンハルト様は一番素直に隣で寝てくれる。

「ターミ、明日も会える？」

「会えます」

「きっとね。約束」

「はい、約束します」

チュッ、とお休みのキスをされたから俺もお返し。

「キスしてるの？」

ディー君がびっくりしたように目を瞠ると、ジークフリート様が思い当たったように答えた。

「……あぁ、王宮ではないんだよな。獣人国に行った時、キスの嵐に驚いた」

「ママ、僕にキスできなくて泣いたんだって」

ディー君は王宮での実母について語った。いろいろと複雑な思いを抱いているように見える。

ジークフリート様も納得したように頷いた。

「あぁ、セルキー王国や獣人国とはだいぶ違うよな」

「そういえばキスもハグもないな」

俺がレオンハルト様に毛布を被せながら口を挟むと、ジークフリート様は控えめな声音で言った。

「王族間ではない。貴族でもない」

「厨房で大神殿長が一度だけレオンハルト様をハグした」

特製ハートクッキーを焼いた日、大神殿長が一度だけレオンハルト様をハグした。それ以外、キスどころかハグも見ない。昔の西欧みたいな国だからキスやハグは挨拶だと思っていたのに。

「兄上は大神殿長になったから特別だろ。厨房ならガタガタ言う奴もいない」

「……それ、ディー君のママもレオンハルト様のママも寂しかったんじゃないか?」

優しいけれど冷たい、って日本人の男と結婚した外国の奥さんが怒っていた。ロンベルク王国もスキンシップが少ない。……あ、まったくない?

「薔薇園でターミが膝にレオンハルトを乗せていたから驚いた。誰も咎めなかったんだな」

「膝に乗せるだけでも怒られるのか?」

大神殿長の前で第四王子を膝に乗せたけど、誰にも注意されなかった。今になって知る王族のマナーにひたすらびっくり。

「あぁ。手を繋ぐのも禁止」

「レオンハルト様は俺にキスしてくれたからてっきり」

「レオンハルトの母上の母国はスキンシップが激しい。乳母や首席女官たちが獣人国出身だったから、隠れてしていたんだろ。公の場では一度も見たことがない」

「ママ、王宮で僕をだっこできないし、なでなですることもできないから泣いたの。ママが僕にキスしたらフリートヘルム九世も怒ったの。それで大嫌いになったんだって」

ディー君が悔しそうに唇を噛み締めたから、俺は頭を優しく撫でた。イケメン国王がセルキー王女に逃げられたわけがよくわかる。

「そりゃ、ママは可哀相だよ。パパが悪い」

俺が全力でセルキー王女の肩を持つと、ディー君のぷっくら頬が赤くなって鼻息が荒くなった。

「ママ、ず〜とフリートヘルム九世のこと怒っている」

「セルキーの国に帰って再婚しなかったのか？」

イケメン国王が一目惚れしたセルキーの王女は、美女を見慣れている男でもビビる嬌艶《きょうえん》な美女だったという。王立騎士団員たちも興奮気味に絶賛していた。

「ママを取り合って男がたくさんケンカしたけど恋人は作らない。再婚もしない。なのにフリートヘルム九世は三人も……」

ぎゅっ、と俺はディー君を抱き締めた。こういう時、何を言っていいかわからない。ディー君が甘えるように俺にしがみついてくる。

「ターミ、フリートヘルム九世ってどんな奴？」

赤ちゃんの頃にセルキー国に渡ったから知らないんだ。そうだよな。どんな父親か知りたいよな。ジークフリート様を冷たくした……上品にした……違う。

「……ディー君によく似ているよ」

ぱっ、とディー君の表情が明るくなった。父親に似ていると聞いて嬉しいんだ。マジ切ない。

「僕に？」

「ディー君、大きくなったらフリートヘルム様そっくりだと思う」

「……いやだな」

ディー君が本心と真逆のことを言っているのなんてお見通し。

「ディー君のパパはかっこいいぞ。マジ憎たらしいぐらいかっこいい。ディー君もパパに似てバチクソかっこよくなるさ」

チュッチュッ、とディー君に両頬にキスされる。

小さな寝台で寝ていたはずのエレちゃんがいきなり飛び起きて、こちらにやってきた。ブチュッ、ブチューッ、とエレちゃんには情熱的なキスを頬に連発された。……で、また小さな寝台に戻った。女の子はわからないけど、俺のほっぺが美味しそうに見えたのかな？

11　再会はチーズフォンデュで。

銚子の家族や親戚たちが泣いている。泣かせたのは俺だ。俺だとわかっているけれど何もできない。辛い夢を終わらせてくれたのは、隣で寝ていたディー君のペチペチだ。

「ターミ、アイスとパイ。ケーキ」

ディー君、朝の第一声がそれ？

俺が呆然としていると、レオンハルト様に抱きつかれた。

「ターミ、いた。いたの。会えた」

チュッ、と朝のキスをされたから俺も返した。

「……はい。いますよ。おはようございます」

「ターミ、一緒。お手伝い」

今日もレオンハルト様は俺と一緒に厨房に立つ気だ。くるりんくるりんの寝癖もやけに可愛い。

「はい、お手伝い、ありがとうございます」

「ターミ、唐揚げとステーキピラフと……」

ジークフリート様はボサボサの寝起き頭でガッツリメニューのオーダー。エレちゃんも同意するように小さなゲンコツを振り上げる。

「ジークフリート様、唐揚げとステーキピラフは却下」

「どうして?」

「昨日で鶏肉と牛肉が切れた」

別荘の管理人が慌てて注文したから、今日の昼前には届けられるという。けど、せっかく海辺にいるんだから、カルパッチョや魚介類のスープを作りたい。ピラフならば魚介類のピラフだ。

俺的にはつみれ汁に挑戦したい。

「取り寄せればいいだろう。俺は食い足りない」

「あれだけ食ったのに?」

「あぁ」

ジークフリート様が大きく頷くと、可憐なエレちゃんまでコクコク。

「パネェ」

「ほかの奴らもそうだ」

騎士団長は腕を回しながら断言したけど、俺は信じられない。昨日の食いっぷり、本当にすごかったんだ。王宮に詰めている王立騎士団員が上品で小食だと思うぐらい。

「ターミ、アイスとパイ、たくさん」

チュッチュッ、とディー君に甘えるようにキスされる。俺はやや膨らんでいるように見えるディー君の腹部を撫でた。

「昨日、あれだけ食べたのに？」

「もっとたくさん」

ディー君は今日も食べる気満々だ。つぶらな瞳のキラキラ具合はレオンハルト様と同レベル。

「じゃ、ふわふわパンケーキにしよう」

「パンケーキ、アイスみたいに美味しいの？」

「たぶん、好きだと思うよ」

俺は天蓋付きの寝台から下りると、子供たちに顔を洗わせて、身なりを整える。別荘の管理人が用意してくれたから助かった。

昨夜、酒盛りのまま寝たらしく床では空き瓶を抱えた大男が転がっている。

二日酔いじゃね？　赤だしの味噌汁でも作ってやりたいけどないからレモネードあたり？

レモンと蜂蜜でレモネードを作ったけど、二日酔いの心配は無駄だった。騎士団長以下、化け物揃い。それでも、昨日はあれだけ肉食だったから今日は魚でしょ。

「朝と思っていたらもう昼近いんだ。ブランチにはサラダとパンケーキとシーフードのクリームシチューかな」

レオンハルト様やディー君も小さな手でレタスをちぎってくれたから、大きな器に山盛りのサラダ。大きな鍋でシーフードシチューを作ったまではよかった。けれど、卵白を泡立ててふわふわのパンケーキを十枚焼いた後で後悔した。

のぉぉぉぉぉ〜っ、俺が甘かった。武闘派にパンケーキなんて馬鹿だ。きっと百枚焼いても千枚焼いても足りない。レオンハルト様やディー君やエレちゃんがパンケーキに喜んでくれたから調子にのった。銚子出身だから調子にのってもしょうがないよな。

フラフラと昨日焼いていたパウンドケーキにブランデーを振った。マジ現実逃避。

「ターミ、ちょうだい」

ディー君とエレちゃんがキラキラ目で小さな手を伸ばしてくるから高い棚に載せた。

俺、何をしているんだ？

ディー君とエレちゃんが高い棚によじのぼろうとするから慌てて止める。ブランデーケーキはまだ早い。

「ディー君、エレちゃん、めっ。ブランデーケーキは大きくなってから」

ストン、トンっ、とブランデーケーキを虎視《こし》眈々《たんたん》と狙う子供たちをレオンハルト様の隣に置いた。

「ターミ様、足りない」

デニスが空になった大きな釜を持ってくる。あっという間にシーフードシチューを食い尽くされた。

「ターミ様、なんか食わせてくれ」

「ターミ、食わせてくれねえと聖母様を称える歌を歌うぜ」

次から次へと聞こえる野太い声に俺はパンケーキ作りをストップ。

「デニス、野営の準備」

「……あぁ、そういうことですか」

カセットコンロじゃないし、ホットプレートでもないけど、卓上で料理できるコンロみたいな魔導具が大きなテーブルの中央にセットされた。

重曹とコーンスターチを使ってソーダパンやケーク・サレを焼く。ブロッコリーやカリフラワー、カットしたニンジンもきのこもボイル。

ちょうど牛肉や鶏肉も届けられたから、カットして焼く。鴨肉やエビも火を通した。レオンハルト様やディー君たちはトマトのヘタを取っている。エレちゃんは性懲りもなくブランデーケーキを狙っているから油断ならない。けど、断固として、高い棚には登らせない。

チーズ三種と白ワインなど、大きな鍋でチーズ液を作り、デニスに運ばせた。卓上コンロみたいな魔導具にセット。弱火を点火。

うぉぉぉぉぉぉぉぉ～っ、という野太い雄叫び。

「ターミ、チーズのスープか？」

ジークフリート様に不思議そうに聞かれ、俺はボイルしたブロッコリーをフォークで刺し、ぐつぐつしているチーズ液に浸けた。

うぉぉぉぉぉぉぉぉぉぉ～っ、という屋敷を破壊しそうな歓声。

チーズをつけたブロッコリーを差しだすと、ジークフリート様は口を開けてパクリ。

「チーズフォンデュです。野菜や肉にチーズをつけて食べる。騎士団員は各自、自分で好きな具にチーズをつけて食べ……」

俺の説明を遮るように、ゴォォォォォォォ、という不気味な音と青い吹雪。

俺は声を上げることもできず、その場に尻餅をついた。レオンハルト様が心配そうにくっついてくる。

騎士団長以下、騎士団員たちは一瞬で迎撃態勢を取った。各自、盾や剣を構える。

「ジークフリート」

激しい吹雪の中、麗しすぎる大神殿長が甲冑姿で現われた。

その瞬間、王立騎士団長の命令が響き渡った。

「全員、退却ーっ」

青い吹雪の中、灼熱色の竜巻が起こる。

「ジークフリート、往生際が悪い」

大神殿長や宰相、魔術省長官や王族たちが全員勇ましい甲冑姿でジークフリート様を追いかけた。

これらはあっという間の出来事だ。俺は声を上げることもできず、ただただ尻餅をついていただけ。レオンハルト様の小さな手になでなでされ、ようやく正気に戻った。

「……あ、あ、あれは？」

台風に遭った感じだ。せっかく用意した野菜や肉がテーブルに散乱している。不幸中の幸い、床に落ちたのはナプキン代わりの布だけだ。

「荒くれ王子の家出」

ディー君が楽しそうに言うと、エレちゃんは小さな手をぱちぱち叩いた。

「……家出？　……あ、ヤバっ」

俺は慌ててチーズ液の火を止める。レオンハルト様が小さな手でテーブルに転がっている野菜や肉を器に戻した。……いい子、なんていい子なんだ。それに比べてデカい第三王子はなんだ？　……や、第三王子より問題は第一王子だ。

「……おっきい兄上」

レオンハルト様の声で、し〜んと静まり返った部屋にイケメン国王が登場したことに気づく。ディー君やエレちゃんはさっと逃げて、柱時計のそばからじっと見つめていた。

「陛下、ジークフリート様に国王は無理」

俺は右手でレオンハルト様の手を引いてイケメン国王に近づいた。珍しく、周りに誰もいない。

「あれは民を思う心を持つ。王位を継ぐ器量と魔力は備えている」

名君と称えられる国王は自由奔放な弟の資質を見極めていた。ジークフリート様本人にその気があれば名君になるかもしれない……けどさ、無理。

「陛下の跡継ぎはちゃんといるっしょ」

俺はイケメン国王の耳元に囁いた。

「……跡継ぎ？」

「ディートフリート様、陛下そっくり。だっこして、キスしてあげましょう。寂しいんです」

俺が指摘するまでもなく、イケメン国王は部屋の片隅にいるディー君に気づいている。そっくりだから一目でわかるよな。

「……国王としてそれはできん」

ボカッ。

思わずイケメン国王の頬を殴った。ブチ切れた。レオンハルト様の前だけど、もう止まらない。

「俺は母親の命と引き替えに産まれた子供だ。お前が母親の命を奪った、って一度も言われたことがない。俺は親戚や近所の赤の他人から猫可愛がりされて育った。いつも誰かの膝にいた。オヤジがいない時は祖父母の間で寝た。伯母夫婦の間でも叔父夫婦の間でも寝た。俺は大きくなっても抱きついていた。今でも会ったらハグ。俺、超甘ったれだよ」

一度ブチ切れたら止まらない。感情のまま捲し立てる。レオンハルト様が心配そうに俺にぴったりと張りついた。子供心にも何か感じているんだろう。

イケメン国王は無言。

「いつでも俺を優しくだっこしてくれたお祖母ちゃんを俺が世話をするつもりだった。通院には俺が付き添うつもりで車の免許もすぐとった。お祖母ちゃんもお継母さんも俺が介護するつもりだった。介護を甘く考えるな、って怒られるけど、何か、なんでもいいから世話したかったんだよ。よくも俺の恩返しの機会を奪ったなっ」

グイッ、と俺の手は無意識のうちにイケメン国王の襟首を掴んでいた。レオンハルト様は俺の足に張りついてイケメン国王を見上げている。

「……すまない」

国の頂点に立つ男の謝罪に、俺の中で何かが解《ほど》けた。イケメン国王がいい男だとわかるだけに辛い。

「レオンハルト様が俺に懐いたのは寂しいから。俺が王宮のしきたりなんか知らずにだっこしたからだよ。気がついているんだろう？」

「………」

「ディー君も寂しいんだ。フリートヘルム九世、なんてディー君は呼んでいるけど、本当は『パパ』って呼びたいんだよ」

　自分が甘ったれだったからわかる。ディー君も確実に甘ったれだ。

「………」

「いいな、だっこして。キスしてやれ。膝に載せてやれよ。ここは王宮じゃない。今までの分も甘やかせ。きっちり愛情を態度で示せ。しきたりとやらに縛られて大切な者を失うな」

　パンパンパンパンパンッ、と俺はイケメン国王の広い背中を叩いた。何を思ったのか、レオンハルト様はイケメン国王の足をなでなでしている。

「パパ、ディー君のママはモテモテなのに恋人も作らないし、再婚もしていないんだ。その意味がわからないのか？」

　ディー君に聞く限り、セルキー王女がイケメン国王を恨み続けているとは思わない。従姉妹関係者のガールズトークをさんざん聞いたから自信がある。本当に憎んでいたら、さっさと再婚しているさ。どうしてモテモテなのにずっとひとりなんだ？　イケメン国王が追いかけてくるのを待っているんじゃね？　なんで追いかけない？　それも王家のしきたり？　無言だからムカつく。

「全部パパのせい」

俺が腹の底に力をこめて断言しても、イケメン国王は無反応。

「ディー君が寂しいのも俺が家族と離れたのも全部パパのせい。全部受け止めろよ」

パンッ、と俺は仕上げのようにイケメン国王の背中を叩いてからディー君に近づいた。

「ディー君、パパだぞ。パパがディー君に会いにきた。会ってやってくれ」

俺が作った声で言うと、ディー君は柱時計の陰から出てきた。

「……フリートヘルム九世？」

「パパだよ。不器用で照れ屋のパパなんだ。許して……俺のアイスに免じて許してやってくれ」

ディー君をぎゅっと抱き締めた後、イケメン国王の耳元に囁いた。

「俺の真似をしろ」

俺はディー君を高く抱き上げると、左右の額に音を立ててキスをした。これ、近所の外国人ママにしてもらったキスの挨拶。ディー君は俺の両頬にキスを返してくれる。

「ディー君、いい子だ。いい子。可愛い。こんなに可愛い子、二度と離したくないよ〜っ」

俺はディー君を褒めてから、イケメン国王の腕に渡した。……拒まれない。みっちり筋肉がついた腕で息子を抱き上げる。

「……う…………」

ディー君の青い目がゆらゆらと揺れている。

ディー君、やっぱりパパに会いたかったんだ。今までの分も甘えろ、と俺は心の中でディー君にエールを送りながらイケメン国王の広い背中を叩いた。さっきから石像みたいに固まっている。けど、腕はちゃんと息子を抱いている。……あれ？　イケメン国王の目つきが怖い。……え？　まさか、愛くるしいエレちゃんを睨んでいる？　マジ？　イケメン国王、ご乱心？

俺が止める間もなく、イケメン国王はディー君を抱いた体勢でエレちゃんに近づいた。

「……そなた？」

イケメン国王の眉間に第三の目が現われた瞬間、エレちゃんが天使から悪魔に変化した。

……悪魔みたいに微笑んだ。

どこからともなく潮の香り。

「……さすが、第三の目は騙せないのね」

エレちゃんの舌足らずの声が艶のある女性の声に。

「セルキー王女、エレーナ殿」

……へ？　エレちゃんが大人……絶世のセクシー美女になった？　セルキー王女？　セルキー王女ってことはディー君のママ？　……じゃあ、ディー君のママがよちよち子供に化けていたのか？　それで酒のケーキや酒のアイスを食べたがったのか、と俺は今さらながらにエレちゃんの行動に納得した。

……や、納得している場合じゃない。エレちゃんことエレーナ様はフリートヘルム九世の初恋相手だ。イケメン国王はディー君を抱いたままエレーナ様と睨み合っている。ディー君は不安そうに父親と母親を交互に見ている。

……焦れったい。いい加減にしろよ。

厨房のほうからケーク・サレやソーダパンが焼き上がった匂いが漂ってくる。パイも焼けたようだ。大量に作ったチーズフォンデュ、どうしてくれる？

「エレちゃん……じゃない。エレーナ様、国王陛下は不器用なだけ。初恋相手にトチ狂ったままです。エレーナ様はわかっているでしょう。……俺のアイスに免じてすべて許してください」

俺が代理で深々と頭を下げると、レオンハルト様も俺を真似してペコリ。けなげな天使。

イケメン国王は鋭い目を細めた後、ディー君を抱いたまま詫びた。

「エレーナ、すまない」

エレーナ様はよほど驚いたらしく、綺麗な目を瞠り、大きく開けた口に手をあてた。

「……まさか、フリートヘルム九世が謝罪すると思わなかったわ。聖母様の影響かしら？」

エレーナ様に顔を覗き込まれ、俺はチーズフォンデュに視線を流した。

「エレーナ様、そんな意地悪言わないで、チーズフォンデュを食べましょう。武闘派集団が消えたら、この大量のチーズフォンデュをどうしたらいいんですか？　保存したら味が落ちます」

「ターミ、任せて」

エレーナ様は凄絶な色気をむんむんさせて椅子に腰を下ろした。俺はイケメン国王の背中を鼓舞《こぶ》するように叩く。

「はいはい。パパとちったいお子ちゃまはそっちに座って。お子ちゃまはパパの膝。レオンハルト様は俺の膝」

俺は椅子に腰を下ろし、レオンハルト様を膝に乗せた。別荘の管理人がイケメン国王やエレーナ様の杯や赤葡萄酒を運んでくる。

けど、俺はのんびり椅子に座っていられない。慌てて立ち上がり、厨房から焼きたてのソーダパンやケーク・サレを運ぶ。塩味のスティック状のパイを盛った皿を運んでくれたのはレオンハルト様だ。可愛いうえに使える王子様はマジ天使。

「チーズフォンデュとはチーズのスープ……じゃないわね？　チーズのソースなの？」

エレーナ様が興味津々といった風情で、大きな釜のとろ～りチーズを眺める。俺はステイックタイプのパイを摘まみ、とろとろチーズにつけた。

「レオンハルト様、あ〜ん」

とろとろチーズをつけたパイを膝に乗せたレオンハルト様の口にイン。

あむあむタイムの後は天使の笑顔。

「パンやジャガイモをチーズにつけて食べる料理だけど、パンとジャガイモがないからいろいろ用意しました」

ボイルした野菜やきのこ、カットステーキに鶏肉に鴨肉、テーブルには武闘派大男の胃袋を満足させるためのラインナップを揃えている。

「まぁ、パンの代わり？」

「パンの代わりにケーク・サレ。パンの代わりにソーダパン」

ケーク・サレは塩味のケーキという惣菜ケーキだ。ホウレンソウとマッシュルームと松の実、トマトとグリーンピース、キャベツとエビ、林檎と鴨肉と胡桃、鮭とディルと胡麻、五種類焼いた。ソーダパンにはけしの実をトッピング。

「ケーク・サレもソーダパンもそのままで食べても美味しいわ」

エレーナ様はソーダパンと五種類のケーク・サレを一切れずつ味見して、満足そうに赤葡萄酒を飲み干す。すかさず、別荘の管理人が二杯目の赤葡萄酒を注いだ。

「チーズをつけて食べたらもっと美味しいです」

「……あぁ、美味しい。この世にこんな美味いものがあると知らなかったわ」

「王宮に戻ればもっと美味しいものを食べていただけます。陛下もエレーナ様とディー君の帰りを待っています」

「そんなの、私が帰った後、一度も迎えにこずに三人も妃を娶《めと》ったのに？」

「陛下の不器用ぶりを一番知っているのはエレーナ様でしょう」

以後、エレーナ様は赤葡萄酒や白葡萄酒を飲みながら黙々と食べ続けた。イケメン国王はぎこちない手つきでチーズをつけた牛肉をディー君の大きく開いた口に運ぶ。あむあむタイムの最中、イケメン国王はチーズをつけた牛肉の塊を食べた。

ディー君、本当は自分でガツガツ食べたいはずだ。あれぐらいの歳なら誰かの膝でおとなしく座っていない。けど、パパの膝でパパに食べさせてもらおうとしている。

それでいい。今までの分もたくさん甘えろ、と心の中でディー君に語りかけながら膝のレオンハルト様の口にエビを運ぶ。

初めて会った時と比べてだいぶ重くなった。ガリガリだったのがあっという間にぽっちゃり？　ぽちゃぽちゃ？　肥満じゃないし、可愛いからギリセーフ？

山のようにあった野菜や肉、ケーク・サレは瞬く間に消えていく。大半はエレーナ様の胃袋行きだ。妖艶な美女は外見から想像できないぐらい大食漢で大酒飲み？　豪快な性格？

　三本目の赤葡萄酒が空になり、イケメン国王は意を決したようにエレーナ様に話しかけた。

「エレーナ、ディートフリートとともに戻ってくれぬか。今後、君主の義務であれ、そなた以外の妻は娶らぬ」

　よく言った、って俺は心の中でイケメン国王を褒めたけど、エレーナ様は取りつく島もない。

「いやよ。二度といや。私もディートフリートも王宮での生活に馴染めるとは思えないわ」

　ロンベルク国王とセルキー王女がチーズフォンデュの鍋を挟んで睨み合う。俺はディー君の顔を確認してから口を挟んだ。

「こらこら、パパとママのケンカ反対。ディー君の気持ちは？」

　正直になるんだ、意地を張ってもいいことないからな、意地っ張りなパパとママは一人息子で決まる、と俺はイケメン国王の膝の王子にアイコンタクト。

　ふふっ、とディー君は悪戯っ子のような顔で笑ってから言った。

「ターミのご飯が食べたいから陸で暮らす。ターミのスイーツが食べられるなら王位を継いでもいいよ」

　一瞬、沈黙が走る。

それ？　それなの？

　俺は顎を外しそうになったし、イケメン国王も硬直しているけど、エレーナ様は納得したように鼻を鳴らした。

「セルキーは己の欲望に忠実な種。ターミの料理が食べたいから王位に就く。それこそ、欲に忠実なセルキーの証……だけど、その話は後ね」

　エレーナ様はディー君から俺に視線を向けた。

「ターミ、お酒を染みこませたケーキとアイスも食べたいわ。よくも私から遠ざけたわね」

　エレーナ様に恨み骨髄《こつずい》の目を向けられたけど不条理だ。ふっくらほっぺの女児に誰が酒入りのスイーツを食わせるか。

「フリートヘルム九世のお妃様のため、ドライフルーツとナッツのパウンドケーキにはたっぷりブランデーを振りかけました。アイスもきんきんに冷やしています」

「ターミ、さっさと用意しなさい」

「エレーナ様、もう一度チャンスをください。結婚してください。必ず幸せにします。二度と間違えません……間違えたとしても話し合いで解決しましょう。陛下は不器用なだけ。どうか、アイスとケーキに免じて陛下の愛を受け入れてください」

　俺が口下手なフリートヘルム九世の代理で求婚すると、エレーナ様は渋々といった調子で承諾した。

「アイスとケーキのためには仕方がないわね。自分の欲望に逆らえないのがセルキーよ」

……あの、エレーナ様、嬉しそうじゃね？　エレーナ様も復縁したかったんじゃないのかな？

俺の合図で別荘の管理人がパウンドケーキとアイスクリームを運んでくる。目の前でもう一度、ブランデーをふりかけた。白い皿にパウンドケーキとアイスクリームを盛りつけ、黒スグリと赤スグリを添える。

当然、レオンハルト様とディー君にはノンアル。

全員、パウンドケーキとアイスクリームを堪能したようだ。大きな器にてんこもりにしたアイスクリームがあっという間に消える。

とりあえず、満足したみたい。特にエレーナ様とディー君の母子。

結果、俺はレオンハルト様を抱き、イケメン国王はディー君とエレーナ様を連れて王宮に戻る。俺や第四王子の侍従たちに号泣されて大変だった。

ジークフリート様を追い続けた大神殿長一行は帰ってこない。イケメン国王の命令で大神殿長たちが第三王子捕獲を諦め、王宮に帰還したのは三日後だ。ちょうど俺がレオンハルト様やディー君と一緒にフロランタンを焼いていた時のことだった。

12　もふもふ大渋滞。

　エレーナ様とディー君は意外なくらい王宮の生活に馴染んだ。特にディー君の馴染みっぷりはすごい。朝から晩まで俺やレオンハルト様と一緒にいるからかな？　イケメン国王も人前では態度を崩さないけれど、俺たちだけの前になったら変わった。エレーナ様もツンデレ？　ラブラブに見えるんだけど？

　念願のブイヤベースと魚介類のパエリアを作った日、俺が満足して寝室に入ろうとした瞬間、イザークに案内された大神殿長が現われた。

「ターミ様、ご挨拶は控えさせていただきます。今宵、お生まれになった世界に戻すことができると思います」

「……ほ、本当ですか？」

　俺が勢いこむと大神殿長は優雅に微笑んだ。

「おそらく、今宵が最初で最後の機会です」

　大神殿長の背後、イザークやほかの侍従たちは目を潤ませているから俺の胸も痛い。けれど、銚子には大事な家族がいる。こっちに召喚された時に着ていたシャツやズボン、下着が用意されていた。

懐かしいシャツに袖を通すと、ターミから銚子産の広瀬匠海に戻った気がする。

「……あ、レオンハルト様やディー君たちにお別れを……や、無理だ」

毎晩、就寝前のレオンハルト様の挨拶は『明日も会いたい』だ。実母の思い出はなく、乳母や首席女官、大切な人を次から次へと見送った王子の心の傷から出る言葉。

「あのふたりは別れを受け入れることはできないでしょう」

大神殿長に悲痛な顔つきで言われ、ぶわっ、と俺の目から涙が溢れる。

「ターミ様の家族への思いを聞き、陛下も心を痛めたそうです。エレーナ様と協力し、始祖が密《ひそ》かに残していた文献を探りました」

あの時、俺はイケメン国王にブチ切れた。不敬罪に問われても当然の暴言だったはずだ。なのに、心に響いたのか。やっぱ名君なんだ。エレーナ様も慈悲深いお妃様だ。

「……ターミ様……短い間でしたがお仕えできて……お仕えできて光栄……うぅっ……」

イザークやほかの侍従たちとハグしてさらに泣いた。すべてのケモ耳と尻尾が悲しそうにしおれている。辛いよ。

大神殿長の転移術で召喚された礼拝堂に移動した。前回と違って祭壇の周りには青水晶の柱が五本立ち、辺り一面に青い薔薇が敷き詰められている。天井と左右には青紫色の魔方陣が浮かんでいた。

イケメン国王にエレーナ妃、宰相、ジークフリート様まで礼装で揃っている。ディー君の王太子立礼の儀式が執り行われるまで逃げ続ける、って誰もが予想していたのに。

「ジークフリート様も？」

俺がびっくりして見直すと、大神殿長はジークフリート様の肩を叩きながら言った。

「王家直系の魔力が必要なのです。私たちだけでは足りません」

「ターミ、俺は帰したくない」

ジークフリート様が苦々しげに言うと、イケメン国王は右手を優雅に高く掲げてから胸に添え、深々と腰を折った。正式な謝罪の作法だ。

「ターミ、聖母召喚は我の罪。すまなかった」

「陛下、エレーナ様とディー君を悲しませないでください。家族を幸せにできない父は国民も幸せにできません」

国のため、国民のため、イケメン国王はがんじがらめになっている。セルキー王女への初恋が最初で最後の暴走みたいな？

「聖母様、肝《きも》に銘じる」

イケメン国王に真摯な目で一礼され、俺は首を大きく振った。

「俺、聖母様じゃないって知っているでしょう」

「もはや聖母様としか思えぬ」

イケメン国王が溜め息混じりに言うと、エレーナ様や大神殿長、宰相たちが同意するように頷いた。イザークたちは泣きながらコクコク頷く。

カラーン、とどこからともなく鐘の音。

「陛下、時間です」

大神殿長が緊張気味の声で言うと、イケメン国王の眉間に第三の目が出現した。俺が祭壇に登ると、周りの空気が一変する。魔方陣が俺の上下左右に浮かんで迫った。

ふっ、と銚子の海が見える。何度も夢に見た犬吠埼だ。広瀬家先祖代々の墓の前で家族や親戚が泣き崩れていた。お継母さんやお祖母ちゃんが抱き合っている。

『ターミ、そなたのおかげでロンベルクを救うことができました。褒美として好きな国の王子としての生《せい》を授けます。どの国の王子を希望しますか？』

眩しすぎる強い光の正体がなんとなく聖母様だとわかった。聞き覚えのある優しい声。

「銚子で広瀬匠海としての平凡な人生をまっとうしたいです。元の生活に戻してください」

『広瀬匠海としての器は土に還りました』

今さらだけど、はっ、とした。広瀬家代々の墓に入ったのは俺だ。犬吠埼で幸せそうな顔で突然死したらしい。こっちに飛ばされた時点で心臓が止まっていた？

ないわー。

「オヤジの息子として生きていけないなら帰っても無駄。ここで……弟みたいなレオンハルト様と一緒にいますーっ」

俺が迷わずに聖母様に叫んだ瞬間、銚子の海が真っ二つに割れた。魔方陣も消え、同時にボーイソプラノの絶叫。

「めっめっめっめっめっめーっ」

ガラガラガラガラ、ガッシャーン、ドカッ。

重厚な扉を真っ二つに破壊し、ケモ耳の小悪魔が突進してくる。……や、普段は天使のレオンハルト様が泣きながら現われた。

「ターミ、ターミ、ターミ、めっめっめっめっめっめーっ、めーっ」

レオンハルト様の眉間に赤みがかかった桃色の目がある。小さな手や尻尾から赤みがかった桃色の魔力が放射線状に飛びだす。

一瞬、俺は自分の目を疑った。

イケメン国王には第三の目がある。けど、レオンハルト様にまで第三の目があるなんて聞いていない。茫然自失は俺だけじゃなかった。イケメン国王やエレーナ様、大神殿長から王立騎士団長まで、礼拝堂にいた全員、半開きの口のまま石化している。

「ターミ、めーっ」

レオンハルト様が小さな手を振り回した瞬間、ドカーン。

半端じゃない爆発音がして祭壇が木っ端微塵に吹き飛んだ。

「……ひっ？」

俺は桃色のふわふわした太い糸のようなもの巻き取られて、瓦礫《がれき》と化した祭壇からレオンハルト様の前に飛んだ。

レオンハルト様の小さな手から出る魔力によって、大神殿長や王立騎士団長、各省のトップや王族たちが苦しそうに体勢を崩す。エレーナ様やイザークたちは胸を抑え、今にも失神寸前。

唯一、平然と受け流したのはフリートヘルム九世のみ。

「レオンハルト、血迷うな」

長兄の叱責も魔力の攻撃にも、末王子はビクともしない。俺にぎゅううううっと抱きつき、小悪魔の顔で捲し立てた。

「ターミ、めっめっめーっ、めーっ。一緒、一緒、一緒なのーっ」

レオンハルト様の眉間の目から、強烈な魔力があふれる。凄まじい地鳴りとともに礼拝堂の柱が崩れ落ちた。

「……レ、レオ……めめめめめめ、目目目」

一緒にいるから落ち着いてくれ、と俺は言いたいけど舌がもつれる。レオンハルト様の魔力が破裂して礼拝堂の天井に穴を開けた。

ズドドドドドドドドッ、という不気味な音と天井が落ちる音。

礼拝堂の穴から見た夜空は綺麗だけど、誰も見惚れている余裕はない。建国以来、強固な魔力に守られた礼拝堂が倒壊寸前。

「……第三の目が暴れたら防御できない……礼拝堂が倒壊しますーっ」

「……ひ、避難……前代未聞の大惨事ーっ」

ジークフリート様が巨大な盾を出し、大神殿長やエレーナ様や宰相、ほかの王族たちを守る。けど、神官たちは失神した。

「……レ、レオン……様……め、め、め、め、め、め、目が目目目目？」

「めっめっめっめっめっめーっ」

レオンハルト様は涙でぐしゃぐしゃの顔を俺に擦りつけてくる。ぎゅっぎゅーっ、と小さな手のすごい力。

「……レ、レ、レオンハルト様？」

レオンハルト様は俺に縋りついたまま、青いもふもふの姿になった。感情が昂ぶりすぎて、人型をとることが難しくなったのかもしれない。俺の侍従たちもいつの間にか、銀色や金色、亜麻色の獣になって吠えている。イザークは俺の侍従のメンツにかけ、人型をキープしているようだけど下半身はもふもふ。

「第三の目だ」

ジークフリート様が感心したように息を吐くと、魔術省長官が今にも昇天しそうな顔で言った。

「レオンハルト様も奇跡の王子だったのか？」

「誕生された時から魔力は強かったが、フリートヘルム九世陛下には遠く及ばなかった」

「ターミ様を帰したくなくて、青き血の力と獣王の血を爆発させ、第三の力を得たのかもしれません」

「ターミ様、本当に聖母様ではないのですか？　奇跡の王子を目覚めたさせたきっかけはターミ様です」

ジークフリート様の盾の裏側で、大神殿長や宰相、王族たちが話し合っていると、瓦礫の山からディー君があざらしの毛皮を背負った姿で現われる。

「ターミ、話が違う。僕はターミのごはんを食べるために王太子になった。駄目だよーっ」

ディー君は瓦礫の山を飛び越えると、イケメン国王の胸に飛び込んだ。ポカポカポカッ、と小さな拳で連打する。

イケメン国王やエレーナ様は諭そうとするが、ディー君は泣きじゃくる。

ジークフリート様はふっ、と鼻で笑い飛ばした後、俺と青いもふもふに近づいてきた。

「ターミ、もういいじゃねぇか。命にかえても守り抜く。生涯、大切にするからロンベルクに骨を埋めろ」

がしっ、とジークフリート様に肩を抱かれ、俺の舌はようやく正常に動いた。

「ジークフリート様、それ、一歩間違えたらプロポーズになるからやめてください。……俺はレオンハルト様のそばにいますよ」

俺が青いもふもふを宥めるように撫でながら言うと、イザークが嗚咽を零しながら縋ってきた。

「ターミ様、本心は帰ってほしくないです。絶対に寂しい思いはさせません。ターミ様だけ、ターミ様だけ生涯大切にしますーっ」

「イザーク、それもプロポーズだから……おい？」

俺が言い終える前にイザークは長身イケメンから大きなもふもふに変身した。とうとう人型がキープできなくなったみたいだ。

「うぉーん、うぉぉぉぉ〜ん」

イザークの悲しげな咆吼《ほうこう》に続き、ほかの侍従たちも野獣鳴き。

「うぉぉぉぉぉぉぉぉ～ん、わぉぉぉぉぉぉぉぉぉ～ん、うぉぉぉぉぉ～ん」

俺の侍従が全員もふもふに変身した。さらにレオンハルト様を追って飛びこんできた侍従たちももふもふに変化を遂げた。もふもふが一、二、三、四……数え切れない。もふもふに突進され、もふもふに押し潰される……うう……幸せなもふもふ圧迫感。

「イザークたち、人型をキープできなくなったんだな」

ジークフリート様に説明されなくてもわかる。俺と第四王子の獣人の血を引く侍従たちが全員もふもふ姿で野獣鳴き。

俺の胸でも青いもふもふが野獣鳴き。

「なんて言っているのかわからないけれどわかる。俺、レオンハルト様とずっと一緒にいるよ」

もふもふしか勝たん。

「ターミ、よいのか？」

イケメン国王に確かめるように問われ、俺は真っ赤な目で言った。

「頼みがある」

「申せ」

「醤油を見つけてくれ」

俺の頼みを聞いた瞬間、イケメン国王の形のいい眉が顰められた。

「……醤油？」

ディー君やジークフリート様、エレーナ様や大神殿長たちも初耳らしく、みんな呆然とした顔で耳をすませている。

「大豆のソース。米があったんだから絶対に大豆があるはず」

俺は絶対にあきらめない銚子で生まれ育ったんだ。絶対にあきらめない醤油。死んでもこれだけは譲れない。

「……手は尽くす」

「絶対にどこかに醤油はある。その魔力で探せーっ」

冬になるまでにレオンハルト様やディー君と一緒に醤油アイスを食べる。銚子のさんが焼はこっちで広める。とりま、明日はつみれ汁だ。

俺の銚電魂がうねる。

これからさ。

レオンハルト様が興奮しすぎて人型に戻れなくて、もふもふ姿でずっと俺にしがみつく日が続くけど、それはまた後の話。

おわり

コスミック文庫 α

男《おとこ》なのに聖母《せいぼ》として召喚《しょうかん》されましたが、
王宮《おうきゅう》で料理人《りょうりにん》になりました。

2023年 6月 1日　初版発行

【著者】　加賀見彰《かがみあきら》
【発行人】　相澤　晃
【発行】　株式会社コスミック出版
〒154-0002　東京都世田谷区下馬 6-15-4
【お問い合わせ】 一営業部一 TEL 03(5432)7084　FAX 03(5432)7088
一編集部一 TEL 03(5432)7086　FAX 03(5432)7090
【ホームページ】 http://www.cosmicpub.com/
【振替口座】 00110-8-611382
【印刷／製本】 中央精版印刷株式会社

ISBN978-4-7747-6477-1 C0193

コスミック文庫α《アルファ》好評既刊

異世界ごはんで子育て中!
～双子のエルフと絶品ポトフ～

宮本れん

ゲーム中、うっかり屋の神様によって異世界に召喚されてしまったナオ。元の世界に戻れないと知り、危険な森を抜ける途中で孤児となった双子のエルフを拾う。ナオは保護者として彼らを育てるために首都エルデアで老夫婦の宿屋を受け継ぎ『リッテ・ナオ』を営む道を選ぶ。趣味が反映された料理スキルに時空魔法を活かした魔獣肉のポトフが評判を呼び、なんと宿屋は大繁盛! 異世界の人々とふれあいながら、充実した日々を送るナオだったが、ある日双子の父親を名乗る男が現れて――!?

異世界でエルフの双子をひろってしまい!?